U0081256

タンバ

插畫 夕薙

最強廢渣皇子暗中活躍於帝位之爭

佯裝無能的SS級皇子背地支配王位繼承戰

1

Kadokawa Fantastic Novels

Contents

目錄

序章
010
—
第一章　克萊納特公爵家
023
—
第二章　騎士狩獵祭
096
—
第三章　基爾防衛戰
176
—
終章
258
—
後記
266

皇族介紹

皇帝

† 約翰尼斯·雷克思·阿德勒

† 威廉·雷克思·阿德勒

第一皇子，三年前27歲時過世的皇太子。在世期間是個集帝國上下期待於一身的理想皇太子，本著人氣與實力，未曾讓帝位之爭發生的英才。威廉喪生成了帝位之爭的導火線。

† 莉婕露緹·雷克思·阿德勒

第一皇女，25歲。
率領東部國境守備軍的帝國元帥，以皇族最強姬將軍之名威懾鄰近諸國。對帝位之爭不予過問，已經明言無論誰即位都會以元帥身分效忠。

† 埃里格·雷克思·阿德勒

第二皇子，28歲。
擔任外務大臣且最有實力成為下任皇帝的皇子。以文官為後盾。冷酷的現實主義者。

† 珊翠菈·雷克思·阿德勒

第二皇女，22歲。
從事有關禁術的研究，以魔導師為後盾。
性格在皇族之中最為殘忍。

† 戈頓·雷克思·阿德勒

第三皇子，26歲。
任將軍之職的好戰派皇子。
以武官為後盾。性情單純直率。

† 杜勞葛多·雷克思·阿德勒

第四皇子，25歲。
特徵在於老土眼鏡的胖皇子。
文采不足卻有文豪之志的玩票墨客。

† 上上任皇帝
古斯塔夫·雷克思·阿德勒

以輩分而言是艾諾特的曾祖父，上上任皇帝。將帝位傳給兒子以後，便埋首於研究古代魔法，終導致帝都陷入混亂的「亂帝」。

† 奧姆斯柏格勇爵家

約五百年前，於魔王震撼全大陸之際將其誅討的勇者後代。在帝國貴族中地位最高，僅向皇帝屈膝。勇爵家中亦只有具備才能之人方可召喚傳說的聖劍極光（Aurora）。視守護帝國為己任，基本上並不參與政治。

† 盧貝鐸・雷克思・阿德勒

第十皇子，10歲。
年歲尚幼，並未參加帝位之爭。
性格懦弱。

† 葵絲妲・雷克思・阿德勒

第三皇女，12歲。
幾乎不將情緒表露在外，只跟艾諾和李奧等特定的人交好。

亞德勒夏帝國的皇帝，有意讓十三名子嗣爭奪帝位，再將皇帝寶座傳給勝出的皇子。統治廣大帝國，一有機會就開疆拓土直至今日的明君。

† 亨瑞可・雷克思・阿德勒

第九皇子，16歲。
瞧不起艾諾特，對李奧納多的競爭心旺盛。

† 李奧納多・雷克思・阿德勒

第八皇子，18歲。

† 艾諾特・雷克思・阿德勒

第七皇子，18歲。

† 康拉德・雷克思・阿德勒

第六皇子，21歲。
與戈頓同母所生的弟弟。儘管身為直性子的戈頓胞弟，個性卻與艾諾特相近。

† 卡洛士・雷克思・阿德勒

第五皇子，23歲。
既沒有被評為優秀，也沒有被評為無能的平凡皇子。
然而所懷的夢想往往有違自身能耐，還巴望成為英雄。

序章

Prologues

亞德勒夏帝國雄踞在弗凱洛大陸中央。高掛黃金猛鷲為國徽，屬於排得進大陸三強之一的強國。其帝都衛爾托在今日依舊昌盛繁榮。

而帝都所開設的冒險者公會有大人物現身了。

「不得了……貨真價實耶……」

「欸，而且那支角是牛頭人之王的角吧……」

「真的假的……ＡＡＡ級的稀有怪物……他獨力解決了……？」

人們私底下七嘴八舌道出的盡是感嘆之語。受矚目的則是將碩大犄角拖來公會，全身清一色黑的魔導師。他穿著長長的黑斗篷，身上行頭全部統一成黑色。不過，唯獨臉上戴了特徵明顯的銀色面具。

看慣那身裝扮的櫃台小姐未受驚嚇，照樣予以應接。

「有勞您了，席瓦先生。這是本次付給您的酬金。」

ＳＳ級冒險者席瓦。櫃台小姐叫了我的化名，然後如往常般帶著笑容把報酬拿了出來。在場那些冒險者見所未見的大量金幣叮叮噹噹地被呈交給我。

這是當然了。牛頭人之王是經由冒險者公會個別指定的怪物，一直以來都受到重金懸賞。

帝國領內直到前陣子都沒有這傢伙的蹤影，然而鄰國有A級冒險者組了大規模團體去挑戰卻討伐失敗，牠就流落至帝國領內了。所以「我」才會出手討伐。

「謝謝。不好意思，總是麻煩妳。」

「哪裡哪裡，敝公會才受了您的關照。全大陸只有五名SS級冒險者，席瓦先生能待在我們帝都分部可是令人感到驕傲的！」

褐髮的櫃台小姐說著露出了笑容。

我見狀便苦笑著擱下幾枚金幣，並走向公會門口。

「呃……席瓦先生？請問這些是？」

「我請客，在場所有人都有份，麻煩幫他們倒杯酒。但是，下次再有高難度委託，希望妳能優先發給我。」

「啊，好的！我明白了！」

櫃台小姐欣然抓起金幣。公會裡比她更樂的那些冒險者都歡天喜地叫嚷起來。

我是只接高難度委託的冒險者，因此公會也肯將高難度委託優先發給我。可是，有的冒險者就會對此感到不愉快，像這樣疏通怨氣是重要的。畢竟我的身分也不方便隨意行動。

想著這些的我匆匆離開公會，前往常光顧的旅店。

我在那裡卸下銀色面具與黑斗篷，將服裝換成了上流階層的款式。對這方面我相當留意。

「好歹我也貴為皇子，當冒險者一事露餡的話，問題可就大了。」

「若您有自覺，還望多加自重，艾諾特皇子。」

無聲無息地現身叫了我名字的人，是從母親那一代就侍奉在側的管家瑟帕斯汀。他是個金髮的老人家，已經年過六十，背脊卻仍然挺直，穿起管家服也體面好看。

從瑟帕斯汀出現得無聲無息這一點便可得知，這位老爺爺擔任管家之職以外的實力同樣寶刀未老。

而且正如這名管家所說，我的名字叫艾諾特．雷克思．阿德勒，是這個帝國的第七皇子。

「我不是說過好幾次，別無聲無息地冒出來嗎，瑟帕？」

「習慣難改，請皇子見諒。」

「還有我也不想聽你說教。廢渣皇子要做什麼沒人管得著吧？」

我有個雙胞胎弟弟，勇武過人，思路清晰，性格良善，無論做什麼都能立刻達到一流水準的天才。明明長著相同的臉孔，眾人對我弟就讚譽有加，說他有氣質或溫文爾雅，反觀我就被說成缺乏霸氣或有欠精悍，話都隨他們在講。據說來找我弟談婚事的人更是絡繹不絕，連我都對自己這個弟弟感到惱火。

另一方面，我則是個無能委靡而又扶不起的皇子。從小盡愛玩耍，眾多擔任過家教的才子都表示教不了我這種浪蕩學生。風評隨即傳遍帝都，乃至整座帝國，到最後我便多了個綽號叫優點全讓弟弟吸收殆盡的「廢渣皇子」。如今城裡所有人都看不起我，背地講的壞話也從來沒少過。

不受任何人期待，位居皇族卻聲望低落。身為皇子的我便是如此。

「您切莫把那種市井小民說的話放在心上。皇子，大家對你的實力一無所知。」

「我才沒有放在心上。不過我受到的就是這種對待方式，所以說沒道理讓別人拿皇子的義務來對我指指點點。」

這副德行明明是我自己擺出來的，要說我在狡辯也確實沒錯。不過多虧有這套說詞，我才能過得隨心所欲。然而——

「您的說詞固然可以理解，可是事態已不容多說那些。請皇子立刻回城。」

「……出了什麼事？」

「多明尼克將軍過世了。」

「你說那個老將軍？」

那是帝都守備隊的名譽將軍。該人早已退休，戎途上一路走來並沒有立過格外出色的戰功，卻是個在前線作戰長達五十年以上還能夠生還的人物。念其勞苦功高，他獲任帝都守備隊的名譽將軍，地位相當於顧問。雖因高齡而患有心臟方面的疾病，病情應不至於突然逝世。暗殺兩字浮現在我腦海。

「那『三人』當中有誰出手了嗎……」

「詳情不明。但城裡想必不會追查凶手吧。」

該人講話直言不諱而容易樹敵，可是會遭到暗殺就只有一個主因。

這陣子，多明尼克將軍介入了帝位之爭。以往他常會對皇子及皇女挑毛病，最近卻開始獨厚一名皇子並為其撐腰。

於是他就死在對此感到戒懼的那些人手上了，也就是被帝位之爭的那些領先者暗殺。八九不離十吧。終究只是個名譽將軍，對帝國並無實質損失，應該會被處理成病死，受害的就只有喪失己方人馬的皇子。

那名皇子則是第八皇子，李奧納多・雷克思・阿德勒，我的雙胞胎弟弟。

「誰教李奧自然而然就會拉攏人心……雖然他應該並不是為了登上帝位才在建立勢

力就是了……」

「問題是有人將其視為一股勢力。照這樣看來，李奧納多皇子已經被有心謀取帝位的那幾位當成『敵人』了。」

我對瑟帕說的話發出嘆息。展開帝位之爭的帝位繼承者之中，有三人實力雄厚。第二皇子、第二皇女、第三皇子。

這三人各有自己的勢力，由他們三人之一登上帝位的可能性極高。

而其他帝位繼承者有兩條路。第一條路是選邊站，或起碼保持中立。另一條路則是與那三人作對，以帝位為目標。

從那三人的性格來想，選擇後者輸掉的下場，好則流放，壞則死刑。連帶有關的人應該也會遭到處刑。以李奧來說，我們的生母還有我都會被歸類成相關分子。

而且沒想到李奧形同選擇了後者。如今他就算投入誰的陣營，或者公開表示中立也毫無意義吧。發展成這樣就不得已了。

「只好讓李奧成為皇帝嘍……」

「您不考慮由自己稱帝這條路嗎……？」

「我哪是當皇帝的料。我可是一直以來都把麻煩事推給弟弟扛的男人耶，這次我還是要比照辦理。」

我想過自由自在的冒險者生活，可是照這樣下去只有死刑的份。儘管麻煩到極點卻也無可奈何，暗中為我弟活躍一番吧。

■■■

回到位於帝都中央，外觀如劍的城堡——帝劍城以後，我立刻前往李奧納多的房間。可是，在路上不巧與幾名大臣還有貴族碰個正著。

「幸會幸會，艾諾特皇子。您今天依舊活力充沛啊。」

「託你們的福啦。」

「是啊，看艾諾特皇子每天都過得悠哉悠哉，教人好生羨慕呢。換成是李奧納多皇子，據說每天都要勤練各項技藝呢。」

「畢竟那傢伙跟我不一樣，生得有出息嘛。」

「您這話真是太中肯了！據說繼三位皇兄皇姊之後，李奧納多皇子也有規劃要加入帝位之爭。艾諾特皇子，您也不能落於人後啊。」

「說這什麼話，要跟李奧納多皇子比未免嫌可憐吧！即使艾諾特皇子和李奧納多皇子生作雙胞胎，才華可是有差距的！」

「噢噢！說得對說得對。是我失禮了。」

「別介意。你們講的全是事實。」

話說完以後，我就從那幾個傢伙身旁通過。他們畢恭畢敬地低著頭行禮，卻全都瞧不起我。敢用假惺惺的口氣及言詞，也是知道我不會向皇帝打小報告，就算告發也無從取信所致。皇族中只有我不被當皇族對待。先不談地方上的貴族，帝都的貴族與大臣們在心裡都已經把我看扁到不能再扁了。

唉，原因在於我就是這副德行。而我之所以不改本身的德行，是我覺得那也無妨。正因為沒有人把我當回事，我才可以用席瓦的身分活動，愛怎麼做就怎麼做。想頂著皇子的身分做自己喜歡的事，就只好置身於這種立場。如此心想的我來到李奧房間。

「我進來嘍～～」

「哥……」

門都不敲的我進了房間，就發現李奧坐在椅子上垂著頭。他十八歲。我們當然是一樣年紀，不過大概是因為表現出來的穩重度有別，李奧常被當成年長的那一邊。

儘管長相完全一模一樣，李奧把頭髮梳得整整齊齊，反觀我則是蓬頭亂髮。衣服亦然，李奧穿得平整筆挺，我就邋遢不整。李奧還挺直了背脊，我卻駝背。或許是因為這些差異，我們長大後就滿少被人認錯。而我的雙胞胎弟弟李奧臉色顯得憔悴至極。

看到跟自己一模一樣的臉消沉沮喪，連我都跟著沒勁了。

「事情我聽說了。那個老爺爺似乎喪命啦。」

「嗯……」

「說起來大概是被暗殺的吧？」

「……應該沒錯。」

哥哥和姊姊不可能暗殺他人——李奧再怎麼天真，也沒有講出這種幼稚的話。以情況來想，暗殺的可能性最高。

「你打算怎麼辦？」

「……我不想跟親人爭。」

「就知道你會這麼說。」

李奧根本無心謀取帝位，單純是受到李奧的為人吸引，才讓他身旁的擁戴者起了那種念頭而已。首當其衝的就是多明尼克。李奧本身正如剛才所言，對於跟親人爭奪帝位是抱持否定心態。然而李奧先天條件過人，在人格方面更是優秀出眾，無論他本身意志如何，繼第二皇子、第二皇女、第三皇子之後的第四股勢力正逐漸成形。

所以捧李奧的人便遇害了。可是，縱然如此也不代表李奧就能全身而退。那三個人當中不管由誰成為皇帝，都有黯然的未來等著我們。

就算排斥那樣的未來，我跟李奧也逃不了。因為我們不能將後宮的母親丟下。即使放棄身為皇族的職責逃命，也肯定會遭受緝捕，如果還把皇帝在後宮的女人帶走，必然要被追殺到天涯海角。恐怕連我拿出真本事，這趟逃亡之旅還是會相當吃力。因此我們只有一條路。

「你已經被當成敵人了。假如不加入帝位之爭，等著你的就只有死。而且連我跟母親也一樣免不了。」

「嗯……我明白……抱歉。」

「別跟我道歉。重要的是把方針拿出來。」

「……只好加入帝位之爭。」

李奧帶著苦苦做出決斷的表情告訴我。即使攸關性命，如果只需要犧牲李奧，他還是會退出吧。然而，殃及周遭的可能性讓李奧把帝位當作目標了。

結果，大家就是因為李奧的這種個性才有心伸出援手，更希望擁他為帝。在我看來，倒覺得他當皇帝是有過於心軟之虞……不過那就算說了也沒有用吧。事已至此，我絕對要讓李奧稱帝，只能這麼辦了。

「儘管力量有限，我也會幫你。總之你要拉攏人馬，組成一派勢力。壯大起來以後，對手就不敢動你。」

帝位之爭便是勢力之爭，掌握強大勢力的人會贏到最後。另外三個對手勢力強大，人才更是豐富。如果真被逼到絕境，即使我祭出暗殺這項手段，成功率應該也不高。頂多收拾掉一個或兩個，三個不可能，因為必須不被發現，暗殺能辦到的事情有限。這跟用魔法殲敵不能相提並論。當然，我既不打算也不希望那麼做。

失去長兄，使皇族落得了這般處境。靠暗殺解決不了任何問題，那樣父皇肯定也不會將李奧立為皇太子。暗殺事跡敗露的人選，以及毋庸置疑有動機這麼做的人選，都會因為品行和能力有問題而不配稱帝。要做就不能洩露任何形跡，得避免招來懷疑才行。可是，那會有困難。畢竟在當前的局面用上暗殺這項手段，得利最大的就是李奧。所以我不會用暗殺這一招。

「嗯……哥，你呢？」

「我自己也會去找人手。不過你別期待太多。有實力的大臣或者貴族，基本上都已經隸屬於上頭那三人的派系了。」

「我明白……謝謝。哥，我倒覺得你比我更適合當皇帝……」

「說啥蠢話。當皇帝就沒辦法遊手好閒過日子了吧。我要娶個漂亮老婆，然後過天天玩樂的生活，這才是我的人生遠景。為此我用盡方法也要捧你當皇帝！」

我一邊自說自話一邊拍了李奧的肩膀。他的身子在微微發抖。

唉，這也難怪。即使從優秀的李奧眼裡看來，也會覺得上頭那三個人是怪物。以能力而言，無論誰當上皇帝都能保住帝國安泰，不用說，其勢力也都強大雄厚。然而，再強也不至於無人能敵。正因為另外三人處於相爭的局面，李奧也有機會。

「總之先從拉攏人馬好讓父皇認同的這一步做起吧。」

「說得也對。畢竟最後是由父皇來決定讓誰繼承。」

「那就來想想，該怎麼做才能獲得我們的皇帝陛下認同。」

我們這對雙胞胎謀取帝位的活動就此開始了。

第一章　克萊納特公爵家

Episode 1

1

「由您主動表明自己就是ＳＳ級冒險者席瓦如何？」

「免談。」

回自己房間的我正在跟瑟帕商討往後的事情。知道我是席瓦的人就只有瑟帕。表明真身確實有好處，然而，同時也存在壞處。

「曾祖父埋首於古代魔法，到最後就瘋了。從那以後，古代魔法在皇族之間成了禁忌。而我所用的正是古代魔法。對目標在稱帝的李奧來說，被人曉得雙胞胎哥哥有這層背景並不妥。」

「不過，席瓦有實際的功績與名聲，甚至被譽為帝國史上最為頂尖的冒險者。這應該會構成李奧納多皇子的助力，不是嗎？」

「時機還早。那是逼不得已才會用上的最後手段。既然李奧志在稱帝，我繼續當一陣子無能的皇子比較有利可圖。」

「可是……」

「那樣我比較方便行事。」

「……既然如此，我就不再重申了。可是，請問您有何打算？假如不表明真實身分，您幾乎無計可施吧？」

瑟帕的質疑讓我把手湊到下巴。最大的問題就在這裡。李奧的派系人寡勢弱，想要手腳迅速地擴大規模的話，只得吸納權貴入夥。

「瑟帕，有沒有哪一家的公爵對帝位之爭不予過問？」

「位居公爵，又完全不加入帝位之爭的只有一人。」

「家名是？」

「克萊納特公爵家。」

可真被我問出了家世顯赫的名號啊。所謂公爵家便是皇親，再不然就是有血緣關係的家系。皇帝的兄弟們並未登上帝位，然而被認定能力優秀者就會獲封為公爵。雖然也有人是立下大功才躋身公爵之列，屆時還是會有皇室恩賜的對象當伴侶，因此看作皇親國戚並無問題。

而對公爵家來說，帝位之爭是一樁大事。能賣人情給下任皇帝，也會有豐厚回報。

所以無論哪戶公爵家多少都會跟繼承人選有接觸。之所以完全沒動作，就表示有更大的問題存在。

「在這個時期什麼都不做，代表他們有什麼隱憂吧？」

「如您所察。對方領內似乎有惡質的怪物出沒，雖已求助冒險者，但是問題好像仍無解決的頭緒。」

冒險者公會在大陸全土設有分部，帝國也有許多間分部，然而各分部的人員實力參差不齊。帝國的分部除帝都以外，水準都不太高。帝都分部也是靠我在拉抬平均，實力只比其他分部稍強而已。理由在於帝國並不屬於怪物出現頻繁的土地。沒有怪物就代表缺乏需求，能力強的冒險者會轉往怪物更多的地方。

因此帝國一旦出現怪物，要解決問題便有費時冗長的傾向。因為要從外地將冒險者中的好手帶來得花一筆錢。

「不如我去解決吧。」

「我認為這是好主意，不過要怎麼讓席瓦和李奧納多皇子搭上線呢？」

「說是受了李奧拜託就行啦。之後我會跟李奧好好說明，沒問題。」

「能指派從未踏出帝都的ＳＳ級冒險者辦事，將會提高其他人對李奧納多皇子的警戒。如此一來，艾諾特皇子與席瓦之間的關聯難保不會露餡喔。」

「大可讓對手警戒。只要他們認為李奧跟席瓦有交情，便不會輕舉妄動。席瓦的真實身分也不成問題，我小心行事就好。」

「若您有自信，我是不會攔阻。不過請切記，表明身分與身分敗露的差別可比天與地。」

「我明白。那我就到克萊納特公爵的領地走一趟。」

話說完以後，我熟練地換上席瓦的服裝，善後交給瑟帕，我要著手進行瞬移。古魔法文明時代的魔法現已弛廢。相較於現代魔法，人稱古代魔法的該項技術難以運用，可說是主要取決於有無素質的魔法。然而，其效果絕大。

我這套瞬移魔法的效果範圍幾乎涵蓋帝國全土。換句話說，帝國在我看來等於自家的庭院，想去就去，想回就回。代價是要耗費莫大的魔力，不過對此也只能睜隻眼閉隻眼了。

而開始準備這套大魔法的我，被瑟帕用嚴肅的臉色提出了忠告。

「這麼說來，克萊納特公爵家的千金正是名聞遐邇的蒼鷗姬(Blau Möwe)，是個絕世美女。請皇子留心，以免被美色迷倒而忘了目的。」

「瑟帕，我從以前就一直在想，你是不嘮叨幾句就不會痛快嗎？」

「因為我職責在此。」

「唉……善後拜託你嘍。」

「遵命。」

將瞬移魔法匆匆完成的我把自己傳送到了從帝都策馬也要趕路五天才能到的克萊納特公爵領。

■■■

克萊納特公爵在帝國西方擁有廣大領地。我把自己傳送到位於領內中心的「領都」，也就是領主居住的都市之後，立刻就拜訪了公爵的屋邸。

「我是ＳＳ級冒險者席瓦，望能與公爵見面。」

「你會是席瓦？別鬧了。那種大人物要來拜訪的話，冒險者公會幾天前就會捎信聯絡。少在這裡作怪，滾吧。」

金髮的年輕看門人這麼打發我。一瞬間，我曾考慮把這傢伙烤成全熟，但是那樣就失去專程跑來的意義了。

我一面克制火氣，一面拿出了供冒險者當身分證使用的冒險者卡片。

這上頭寫著冒險者的姓名、階級還有各項資訊。由於這種卡片是以公會的祕術製作，無人能加以偽造。亮出這個就行了吧。

「不用亮什麼卡片。趕快滾！公爵大人現在很忙！」

「啥！」

看門人連卡片都不過目就把我攆走。對方那種態度固然讓我板起了臉孔，我卻也覺得這是好機會。本來我就打算幫公爵的忙，藉此賣人情。既然事情發展成這樣，我倒有方法讓公爵更加感恩。

「因為李奧納多皇子特地委託，我才前來拜訪……看來那位皇子是好人做過頭了。替我轉達公爵，我和皇子都顏面盡失了，要他看著辦。」

「鬼才替你轉達！話講夠了就快走！」

看門人始終擺著一副傲慢的態度。克萊納特公爵家確實是名門望族，其歷史並非尋常貴族所能比擬。如此名門望族居然敢派這種貨色看門，或許是怪物導致人手不足吧。

說來荒唐，要指名ＳＳ級冒險者發委託，必須支付帝國貨幣當中幣額最高的虹幣三枚。

帝國貨幣本就發行於帝國之內，更是在大陸全土都有流通的錢幣。從最不值錢的帝國銅幣算起，上頭還有貴其十倍的帝國赤銅幣、再貴十倍的帝國銀幣，價值呈十倍遞增。依序排列的話則是銅幣、赤銅幣、銀幣、白銀幣、金幣、白金幣、虹幣。

帝都民眾的月收入普遍為七至八枚白銀幣，民間流通的頂多只到金幣，最昂貴的虹幣對平民百姓來說根本沒機會目睹。而ＳＳ級冒險者得付三枚才能請動，所以就算是公爵要委託他們辦事也不容易。

哎，責任幾乎都在這傢伙頭上，然而家臣失態就等於公爵失態。公爵可憐歸可憐，我還是要逼他恐慌。當我在面具底下露出有所圖謀的笑時，便從屋邸二樓的窗口瞥見了少女的身影。

金髮藍眼的少女就算遠遠望去也十分美麗。我對她的模樣有印象。

兩年前，皇帝曾下令要國內工匠製作鳥類造型的髮飾。而在眾多成品當中，皇帝看上了造型仿蒼藍海鷗的別緻髮飾。

皇帝對那髮飾極為中意，還說讓舉國第一的美女配戴才相稱，就把全國的美女找來了帝都。當時年僅十四歲，卻被選為絕世美女的正是克萊納特公爵的女兒菲妮．馮．克萊納特。獲贈藍色海鷗髮飾的她被喚作蒼鷗姬，成了國內男子們憧憬的對象。

經過兩年，她倒是更美了。

「確實很美，不過如瑟帕所說，現在可不是看美女看得入迷的時候。」

我想起瑟帕的叨唸，雖有不捨還是從現場離去，然後再次用瞬移魔法回到了帝都。

「……您回來得真早。」

「該做的我都有做！我們要前往克萊納特公爵領。快去張羅。」

「……您不是才剛去過？」

「席瓦去過了，現在要啟程的是艾諾特皇子。哼，這樣公爵就只能哭著求李奧了。我們等於已經拉他入夥啦。」

「您露出了不懷好意的笑容喔。」

我無視瑟帕說的話，開始為旅程做準備。瑟帕看我一邊哼歌一邊準備，便傻眼似的嘆了氣，什麼也沒說就自己跟著張羅起來了。於是我們由此策馬趕路，經過五天的路途，然後再次踏進了克萊納特公爵領。

■■■

踏進克萊納特公爵領，我一前往屋邸，克萊納特公爵便親自出面迎接了。這是當然。畢竟我為此還特地派出快馬，讓人先過來轉達皇子要造訪之事。然而克萊納特公爵會像這樣出來迎接，是因為他顧及皇族的顏面，換成其他公爵可不會如此。

我既沒有參加帝位之爭，名聲又非常糟。光會玩的放蕩皇子，被弟弟分走一切的廢渣皇子。像我這樣光憑皇子身分就能獲得用心迎接，想必是因為克萊納特公爵對禮節注重至此吧。

「皇子殿下，好久不見了。」

「久違啦，克萊納特公爵。我們上次見面是什麼時候？」

「從殿下過十歲生日那一次之後就未再相見了。」

所蓄鬍鬚跟整齊金髮呈相同色澤的壯年男子，耶爾墨．馮．克萊納特公爵。於年輕時繼承了公爵之位，治理領地已經有數十年之久的領主，溫厚性格自然備受領民愛戴，在貴族間的風評也不錯，更是受到現任皇帝信任的公爵之一。

「有那麼久啊？畢竟我幾乎都不會離開帝都，跟待在領地的幾位公爵難免變得生疏。希望你多包涵。」

「不敢不敢。錯在我只顧著領地，都沒有到帝都露面。」

我跟公爵一邊客套一邊走進屋邸。身旁雖有他的親信跟著，不過進入會客間以後就只剩下公爵、我和瑟帕了。

「那麼，公爵，時間不多，我有事要談。」

「是，殿下。敢問您這次來有什麼事？」

「還問我有什麼事，公爵你可真壞。當然是要討論代價啦。」

「代價？」

「我弟弟李奧納多並不願如此，但是在爭帝位的過程中也由不得他推辭，所以我才來催促。克萊納特公爵，若你懂得感恩，我希望你能對李奧鼎力相助。」

「請、請等一下。感恩指的是？」

「……公爵，你想聲稱不知情而不認帳嗎？」

對狀況毫不了解的克萊納特公爵顯露困惑之色。已經派出席瓦的我方，跟不曉得席瓦來過的公爵不可能講得通。這我明白。明白歸明白，要是一下子就釐清雙方認知的誤差，會讓問題變得輕微。

「皇帝陛下自不用說，你可是受眾多人信賴的公爵。李奧知道這一點才會好心幫你，而你卻用這種方式答謝，不知道是何居心？」

「艾諾特殿下，我是真的不明白狀況。很抱歉，包含我在內，我們公爵家全體上下並未勞煩李奧納多殿下做過什麼。」

「你說什麼？」

我裝成忍無可忍的模樣向前一步。等著此刻的瑟帕及時制止了我。

「殿下，看來公爵真的什麼都不知情。」

「這是不知情就可以罷休的事嗎！李奧特地請動了ＳＳ級的冒險者耶。還是在他捲入帝位之爭，本身最為艱困的時候！席瓦正是因為這樣才願意動身！」

「您、您說的席瓦，難不成是那位名氣響亮的席瓦？」

「是啊，沒有錯！李奧聽說你因為領內有怪物而苦惱，就親筆寫了信要席瓦來公爵身邊分憂解勞，對此席瓦也回覆過會立刻處理。席瓦是用古代魔法的高手，據傳也會用失落的瞬移魔法。他不可能沒來！」

「此、此話當真？」

「難道你想說我在撒謊！」

我一邊繼續暴怒的演技，一邊向瑟帕使眼色。看似會意的瑟帕又開口緩頰：

「殿下，動怒過頭可不成。從公爵的尊容應能看出他並沒有說謊。或許出了什麼差錯，是否可以給公爵花時間調查看看？」

「花時間調查？假如查完的結果是什麼都沒有釐清，要怎麼辦？」

「到時候估計直接問席瓦就行了。若是李奧納多殿下召見，席瓦應會現身。」

「哼！既然瑟帕這麼說，我給你時間去查。不過要是敢有所隱瞞，後果你曉得吧？我會直接去問席瓦。如果到最後發現問題出在你這方，往後可不會再有任何冒險者靠近你的領地。」

「……我明白了。我會召集家中之人，火速派他們收集情報。請皇子稍待。」

克萊納特公爵樣甚倉皇地從會客間離去。並未直接爭帝位的我再怎麼賣弄口舌，公爵大概也不會心慌，但問題在於扯上了席瓦。

ＳＳ級冒險者在全大陸僅有五名，在對付怪物方面屬於頂尖人才。他們既非砸錢就能請動的人物，稱作眾多冒險者的龍頭更是不為過。而席瓦若是因為這次的事顏面掃地，冒險者們就不會再來這裡。畢竟連席瓦都受到這等對待，其他冒險者自然不會想來碰得一鼻子灰。

「戲演得很順利呢。」

「您用的計謀可真壞心。整齣鬧劇幾乎都是您自導自演的嘛。」

「說我自導自演就過分了，是這一家的人要把席瓦攆走啊。我只是揭開瘡疤，造成傷口的又不是我。」

「被攆走的話，皇子大可自行潛入。您是看機會正好才刻意退讓的吧？還擺了這麼大的架子好襯托出李奧納多皇子為人有多和善。該誇您算得巧妙才是。」

「那是我該扮演的角色。李奧人太好，水至清則無魚，也得有人負責蹚渾水。」

「若您已經決定那就是自己的角色，我便不會阻止，然而吃虧的可是您自己喔。」

「無所謂。目前需要聲望的是李奧，我的聲望跌得再低都不用介意。」

「我會介意，令堂與李奧納多殿下也會。」

「有三個人介意也就夠了。」

當我們談論這些時，公爵大發雷霆的聲音便傳來了。
「我怎會生了你這不長腦的兒子！你想害我們家破人亡嗎！」
看來公爵已經將情報收集完了。很好很好，那他接下來會怎麼開口呢？

2

「實在萬分抱歉！」
克萊納特公爵說著就低頭賠罪，一旁還有之前看門的金髮青年跟著低頭謝罪。只不過，他似乎是被強行拉來的，顯得對狀況不太清楚而滿臉不服。在這種狀況下還敢表現出不服的態度，算他有膽。
「公爵，謝罪就免了，能不能告訴我是怎麼回事？」
「好、好的……其實席瓦好像在五天前來過，但是我這個笨兒子居然不經確認就直接把他攆走了……」
「他把席瓦攆走了……？」
「可是，爹！正常來想，ＳＳ級冒險者會突然跑到我們這嗎？任誰都會覺得是冒牌的吧？」

「你給我閉嘴！不長腦的蠢貨！就是因為你沒多大用處，我才在出發討伐怪物時把你留下來看門！沒想到你連這點事情都辦不好！」

「誰、誰教爹不是吩咐過……我的工作就是把來見菲妮的男人攆走……」

「我可不記得有叫你把SS級冒險者攆走！只要確認席瓦的冒險者卡片就行了吧！你怎麼連這都不會！」

「因、因為……」

公爵的兒子目光游移。那是在猶豫要不要說謊的眼神。蠢貨說的謊一拆就穿。即使他在這裡謊稱席瓦沒有出示冒險者卡片，之後跟席瓦對質也只會被揭穿而已。

像這種情況，先乖乖低頭認錯最能減輕損失就是了。

「公爵，麻煩你之後再來教訓令郎。說這話固然令人過意不去，但是令郎失態，也就等於你的失態。」

「這、這我再清楚不過！真不知道該怎麼向艾諾特皇子殿下還有李奧納多皇子殿下致歉……」

「你說要致歉？攆走了皇子指派的SS級冒險者還能致歉？那我問你！有什麼方式能致歉？顏面掃地的席瓦恐怕再也不會答應協助我們！對此你能做什麼來彌補？」

「這……請容我交出項上人頭謝罪！」

「沒人需要你那顆頭！你那撵走ＳＳ級冒險者的無能兒子也一樣！」

我說的話讓克萊納特公爵露出絕望之色，他兒子則是鬆了口氣。虧這樣的父親會生出這樣的兒子。既然用自己的命賠不了，克萊納特公爵就得交出其他東西，而且那必須是對公爵家意義重大，又對我與李奧有價值的東西才行。換句話說——

「——那我會獻出自己。所以請您饒過家父與家兄，殿下。」

如此發言並走進房裡的人，是身穿禮服的菲妮。近距離一看，讓人不得不驚嘆她的美。明明狀況鬧得這麼凶，我卻沒辦法把目光從菲妮身上轉開。

金色長髮微微生波，反射出淡淡發亮的光澤。深邃如海的蒼藍眼睛綻放著好似能包容一切的神采。體格雖然嬌小，可是隔著禮服也看得出身材有多誘人。

那張臉蛋因緊張而略顯緊繃，但這點小事絲毫減損不了她的美。老實講，她說要獻身的話，我會開開心心地接受。只要是男人應該都會這麼想，連我也差點順從本能答應下來。然而，現在並不是讓我順從本能的時候。

菲妮的出現對我來說在意料之外。原本是打算把公爵逼得更緊一點，就可以要求他協助我們參與帝位之爭。

「菲、菲妮？請放過她吧！殿下！小女還是個孩子！」

公爵下跪懇求的模樣很是拚命，傳達出他對女兒的疼愛。從他一開始就打算獻出自己的首級，而非獻醜的兒子首級，也可以得知公爵應該是位好父親。而菲妮也為了保護公爵，向我跪下來懇求了。

「殿下，求求你對家父與家兄開恩！我在席瓦大人登門拜訪時有看見他的身影！有罪的話，我也應該同罪！」

「我、我妹妹並沒有過錯！是我害的！求求您開恩！」

到最後連兒子都跪了。看起來就這麼回事。我完全成了壞人。

沒想到會演變成這樣。老實說，我還設想過要跟公爵來一場心理戰。當我望向瑟帕求助時，瑟帕便傻眼似的嘆氣然後開了口：

「殿下，公爵家這幾位都如此哀求了，能否請您息怒呢？」

「叫我原諒他們？我等於讓這些人擺了一道耶！假如這件事就這樣算了，往後我們會拿不出任何威嚴服人！」

「您大可私下處理。將這件事當作沒發生過。」

「席瓦要怎麼辦！」

「他是個講義氣的男人，一旦接了委託就不會放棄才對，或許還停留於這一帶。派人找找看吧。只要誠心誠意地賠罪，估計席瓦也能夠諒解。」

「就算那樣能化解席瓦在領內的問題，我們被克萊納特公爵家擺了一道仍是無法抹滅的事實喔。」

看來事情有個不錯的著落了。接著只要讓瑟帕點出我專斷獨行的地方，我就可以收起矛頭。唉，公爵家應該會把我看成靠弟弟作威作福的小角色，不過那正合我意。加入帝位之爭的終究是李奧，並不是我。

「關於那部分，我想日後請李奧納多殿下一塊商量就無妨了。」

「找那傢伙商量沒用啦！他可是什麼事都能原諒耶！」

「正因為如此，眾人才會聚集到那一位身邊。還有艾諾特殿下，您於輩分上確實是李奧納多殿下的兄長，然而人們是聚集在李奧納多殿下的身邊。就算您身為兄長，倘若背著李奧納多殿下與公爵家交惡，恐怕有損您的地位。」

「嘖……我懂了啦。照你說的辦吧。公爵，麻煩你派人去找席瓦，找到之後由我把事談妥。瑟帕，你也去幫忙。」

我一面裝成心不甘情不願，一面把事情總結。

接下來只要我以席瓦的身分解決這塊領地的問題，克萊納特公爵就會跟李奧站到同一陣線。帝位之爭由此起跑算得上漂亮的一步。如此心想的我在這之後就要為一人怎麼分飾兩角的事情頭痛了。

「原來你依舊待在領都，令人意外。」

「因為我覺得帝都會派人過來。就這層意義而言，來的人是廢渣皇子也讓我感到意外。」

位於帝都的平凡旅店，席瓦就待在那裡。正確來講是我營造了如此假象。

我用古代魔法竄改老闆的記憶，讓他以為從五天前就有打扮奇怪的客人留宿。再安排成瑟帕找到了人，我則以席瓦身分跟他碰面。

「然後呢？那位千金小姐是什麼人？」

「幸會，席瓦大人。我名叫菲妮·馮·克萊納特。」

「我並不是第一次見到妳。五天前，我曾與妳對上目光。」

被席瓦這麼一說，菲妮有些畏懼。

對才十六歲的少女而言，跟ＳＳ級冒險者交談是嚴苛的任務。何況在自家人有錯要乞求原諒的局面下，更是一道難題。

克萊納特公爵得去對付怪物，似乎抽不出空，所以我表示席瓦交給我說服就好，菲妮卻堅持要以公爵家代表的身分陪同。
多虧如此，我才用了幻術魔法塑造出席瓦，還在菲妮面前一人分飾兩角。之所以用幻術塑造席瓦，理由在於萬一被發現沒有實體，也可以辯稱席瓦在提防我們。反過來的話，就會被戳破我懂得這套不只能塑造身影，連嗓音都能重現的超高階幻術魔法。
順帶一提，嗓音不會讓身分露餡。席瓦的銀面具是超強效的魔導具，變聲功能自然不用說，還可以對體味以及給對方的印象造成影響，因此就算我跟他站在一起，也絕對不會被認為是同一人物。
「……我們公爵家冒犯到席瓦大人……實在萬分抱歉……」
「不必賠罪。我對你們的評價已經降到谷底。傳聞公爵家肯為領民著想又明理，看來也僅止於風評罷了。」
「這……」
「冒險者會流入為怪物所苦的土地並非稀奇之事。如果真的替民眾著想，應該要準備好接納任何冒險者才對。妳的兄長會趕我走，正是因為公爵在這方面疏於準備。」
重點就在這裡。
要歸咎於公爵家全體，而不是把過錯算到兒子頭上。如此一來，事情就無法只靠處決兒子來收拾。哎，我看那位公爵八成也不會絕情至此。

「您說得對……是我們克萊納特公爵家有所不周……」

看菲妮垂頭喪氣，我覺得是時候開口了，便朝著席瓦提議。

來這裡是為了說服席瓦。只要我秀一段設法將席瓦說服的戲碼，目的就算達成了。這段為求得逞的彆腳戲若是讓瑟帕看見，誰曉得會被叨唸些什麼，所以我才不把他帶到這個房間。畢竟我接下來要說服的就是我。

「席瓦，你還有意繼續執行委託嗎？」

「無意的話我就不會在這裡。不過，在那之前我得先確認一件事才行。」

「什麼事？」

「你成功將公爵家拉攏成自己人了嗎，廢渣皇子？」

「……我沒有得到允諾。」

「到底是廢渣皇子，遠不及你弟弟。」

席瓦當面嘆氣給我們看。

自己貶低自己的感覺很是奇妙，然而讓席瓦把話說到這個份上，要獲得公爵家協助就十拿九穩了。

「我必定會要他們協助。希望你放心。」

「要讓公爵家承諾給予全面的協助，那樣一來我就會履行委託。我有我的因素，非要你弟弟成為皇帝不可。之所以專程離開帝都來這種地方，也是希望將公爵家收為李奧納多皇子的人馬。原本我推斷公爵家若非浪得虛名，就會協助李奧納多皇子以報答恩情，外界給予公爵家的評價卻靠不住。沒逼他們立下誓文，也許會背叛喔。」

「我父親不會做出那種事！」

「多說無益。菲妮小姐，對我而言你們已經失去信用了。」

席瓦淡然告訴對方。

用這種口氣自有道理在。

我希望營造出席瓦無意配合，卻由我方遊說成功的情境。而事情應該就會透過菲妮口述傳到公爵耳裡。當然，席瓦的用意也會一併傳過去。

這樣一來，公爵肯定就會站到李奧這邊。或許手法嫌拐彎抹角，但是克萊納特公爵對於帝位之爭就是重要至此的人物。

「席瓦，沒讓公爵做出這項承諾，你就不肯幫忙嗎？」

「這還用問。」

「……希望你能改變主意，先答應討伐怪物。我一定會拉攏公爵。」

「……叫我對廢渣皇子寄予期待？你有沒有痴人說夢的自覺？」

「當然有。就算這樣還是要拜託你，我如此求你。」

我說著便低下頭。

本來就跟自尊心無緣的我對誰都能低頭，何況是向自己所用的幻術低頭，根本不痛不癢。

「立刻向人低頭，由此可見你真的沒有身為皇族的尊嚴。」

「李奧在這裡的話，他也會這麼做才對……我知道你信不過我，然而，我好歹也是李奧的兄長。我會辦到最起碼的任務給你看，所以希望你能討伐怪物。我不想將這個問題拖得更久。」

「……也罷。身為冒險者，我同樣不能放怪物繼續撒野。委託我接。不過，菲妮小姐，我對公爵家懷有期待。別忘了我是本著這一點才會予以協助。」

「感、感謝您！我們家必然不會辜負您的期待！」

我們就這樣完成了對席瓦的遊說，然後離開旅店。

搭上瑟帕吩咐在外待命的馬車，我深深地嘆息。

菲妮見狀便過意不去地向我低下頭。

「感謝殿下……」

「……？妳為什麼要跟我道謝？」

「殿下為了我們向席瓦大人低頭……明明是我們害殿下勞累，您為了領民著想，甚至不惜替我們說服席瓦大人，當然要向您道謝了。」

感覺她對我有天大的誤解。

這女孩也跟李奧一樣，屬於凡事朝光明面想的類型嗎？

這下子非糾正她不可了。被誤解成好人的話，往後我行動會不方便。

「我向人低頭是為了我自己，不是妳想的那種理由。妳誤解了。」

「是嗎……那麼我會保有自己的誤解。之前……我對殿下的認識有一些錯誤，我以為您其實是一位可怕的人，不過並非如此呢。」

「不，我就說……」

「是的，我有誤解。殿下是為了自己而低頭的吧？不是為了領民，更不是為了我們。然而……您會容許我誤解吧？」

菲妮說著便露出婉約笑容。

那副笑容遠比以往獲得皇帝所賜的蒼鷗髮飾時，她露出來迷倒帝都民眾的笑要自然得多，也美麗得多。

我大概可以說是受了感動吧。以往母親帶我去看數十年一次的流星雨時，我也受到了這樣的感動。流星占滿萬里無雲的廣闊夜空，那只能以美得令人嘆為觀止來形容。目睹那一幕所帶來的歡欣，還有喜悅。與當時感受到的同種情緒在我目睹菲妮的笑容時湧了上來。

不禁對那副笑容看得入迷的我把目光轉向外頭，以免被看見自己臉紅。

因此我就失去了糾正誤解的機會。

我不由得認為讓菲妮朝光明面誤解也不壞，結果，後來我還是沒能將菲妮的誤解改正。

3

「狀況真慘呢，受不了。」

我換上席瓦的裝扮，並且跟瑟帕一塊從遠處望著造成問題的怪物巢穴。

出現在克萊納特公爵領的怪物階級為AA級。

從F排至SS級的階級當中，位於由上數過來第四名。屬於要有四到五名A級以上的冒險者組隊應付的怪物，而且帝國開設的冒險者公會遇到這種怪物會有點棘手。

實際上，克萊納特公爵就向冒險者公會發出委託，派了由四名B級冒險者跟兩名A級冒險者組成的六人團隊，卻未能解決問題。

「既然對手是史萊姆之母，這也沒辦法。」

與領都有一段距離的山。

那裡冒出了無數的史萊姆。一隻一隻分開來只能算雜碎，但數量實在太多。由於這些傢伙到處遠征，還會亂吃農作物，公爵才被迫帶領騎士去對付。

至於史萊姆為何會像這樣大量出現，就是人稱史萊姆之母的稀有怪物潛伏於山中搞的鬼。

史萊姆之母正如其名，是能以母親身分產出史萊姆寶寶的怪物。它會吸收掉一切，將其化為養分不停地產下史萊姆寶寶。這傢伙可是棘手到有國家甚至因而滅亡的怪物。

對付的方式則是在史萊姆之母選定巢穴，開始繁殖史萊姆寶寶之前就予以討伐，然而公爵向冒險者公會發出委託的時間點已經太晚了。

從紀錄來看，史萊姆之母產出的寶寶數量簡直可比軍隊。

「總之不趕快討伐史萊姆之母的話會沒完沒了。」

「如您所言，不過對那些已經接下委託的冒險者，您打算怎麼說明？」

「問題就在這裡。」

冒險者基本上都是狂放之徒。

他們不會像貴族社會那樣，見到誰階級較高就鞠躬哈腰，對於自己所接的委託會全力以赴。那是為了自己，更是為了保住自身信用。

而冒險者就算面對ＳＳ級的同行，也絕不容許插手搶工作。假如有來自公會的正式委任文件倒還好說，但我目前完全是受了他人委託。

「雖然我欣賞冒險者的那種脾氣，在這次卻成了隱憂。」

「視對方的態度，或許還需要花時間處理呢。」

「坦白講，沒那種閒工夫了。但願當地的冒險者對此有所理解。瑟帕你先回去，我會設法將事情搞定。」

「祝您武運昌隆。」

話說完以後，我便跟瑟帕分開，前往紮營於山附近的那些冒險者身邊。

畢竟帶著瑟帕隨行難免會引起懷疑，也容易被探出我的身分。

「厲害了厲害了。ＳＳ級冒險者專程蒞臨啦，大家快來看。」

在外頭守著的紅髮青年一說，帳篷裡的冒險者就魚貫冒了出來。

五男一女。

全體成員都眼神凝重。

「這支隊伍負責帶頭的人是我，我叫亞伯，階級為A級。在你眼中應該只是個小角色。」

「我是SS級冒險者席瓦。」

我握了亞伯伸過來的手。

我輕輕一握，反觀亞伯則是用力到彷彿要握碎掌骨。

對方果然看我不順眼。

「你會以援軍身分過來這件事，我聽公爵提過了。但是，如果我們就這樣乖乖把委託讓人，也捧不了冒險者的飯碗。你能了解吧？」

「是啊，我了解。」

「插手搶工作不合冒險者的禮數。你也了解這一點吧？」

「是啊，當然。」

手放下以後，我將目光轉向另外五個人。

從舉止風範來看，另一名A級冒險者是女的吧。

褐色頭髮綁成了稍短的馬尾，臉蛋因為戴帽子而看不清楚，但我想那肯定是女的。

打扮完全像個少年，會把她誤認成男性的人八成不少。

女冒險者恐怕是來協助亞伯這支隊伍的幫手。她與其他人有一步之隔，似乎也不打算對亞伯說什麼。

既然這樣，只要說服亞伯就能把事情搞定吧。

「你還敢說當然？懂規矩的話，為什麼要過來插手？甚至動用跟貴族之間的人脈！像你這等冒險者應該不愁接不到委託吧！」

「亞伯，你所表達的想法合情合理，我也明白你的不滿。所以無論要臭罵我或者動手揍我，都隨你們高興，我沒有打算抱怨。」

「什麼？」

「只不過……身為冒險者，我想問你們一句。你們拿這個狀況有辦法嗎？」

「……」

亞伯不答話，其他人也都一樣。在此逞口舌之快不難，然而冒險者以信用為命脈。他對無力解決的委託不能輕易表示自己辦得到。

在場六人是這一帶等級最高的冒險者。他們恐怕並非自己挑了這項委託，而是公會分部找了這六個人商量吧。

然而到場一看，狀況卻比聽聞的更加惡劣。史萊姆之母是強度有變動落差的怪物，假如讓它在巢穴攝取養分，就會越變越強，更會一批一批地產下史萊姆寶寶。雖然每次生孩子都會變弱，可是那些寶寶卻會陸續為母親帶來養分，到最後便無從下手。

惡化到這種地步，要是不盡快解決史萊姆之母，這一帶的安全都將遭受威脅。

「──史萊姆之母已經長得比我們聽說的還要巨大許多了。我們挑戰過幾次，卻無法對敵人造成致命傷而被迫撤退。火力完全不足呢。」

之前都保持沉默的女冒險者開了口。

亞伯聽見便咂嘴。看來亞伯也明白這一點。

「假如你們斷然不想讓委託遭受干預，我就不予干預。不過為保這塊區域的安全，我會直接向公會總部報告現況，要他們派發緊急任務。我接下之後，應該會重臨此地。然而，那還是得花上幾天。你們能趁這段期間討伐成功的話，我便不會阻止。但是……這塊區域在那幾天之間將受到莫大的威脅。」

「……我起碼還曉得啦。像你這等的冒險者，才不會為了錢跑來這種地方……」

「報酬可以全額由你們領取，請把討伐史萊姆之母這件事交給我。身為冒險者，我不能坐視災情繼續擴大。」

「……好吧。我承認憑我們的能耐不足以解決……隨你高興吧。」

亞伯垂著頭當場坐下。冒險者要憑自己的實力闖出名堂，而接了委託無法達成，對冒險者來說只有屈辱。

甚至還有冒險者拘泥於自尊心，魯莽地直接將委託拚到底而喪命。從這個角度來看，亞伯就是個精明識大局的冒險者。

「夥伴們，抱歉……」

亞伯如此向隊伍裡的眾人開口道了歉。只有亞伯一個人的話，或許他會硬拚，不過亞伯應該也有考慮到隊伍成員的安危。他是個好的領導者。

「因為有你們對史萊姆之母發動攻勢，災情才能收斂至此。如果沒有你們，這一帶想必早就都是史萊姆了吧。原本這屬於單由A級以上冒險者組隊處理的委託，你們表現得很好，公會應當也會感謝你們。」

「哈……我們居然會有被SS級冒險者稱讚的一天。」

「希望你別當成風涼話。畢竟我也由衷感謝各位，更覺得自己欠了你們人情。有事的話就來帝都找我，我會幫忙。」

話說完，我直接朝著山伸出手。

我無視於納悶地望著我的六個人，開始進行唱誦。

〈我乃代行天意者．我乃通曉天地之法者．制裁時刻已到．罪人應顫抖而無罪者自當喜樂．我的言語即為神之言語．我的一擊即為神之一擊．聚於我掌中的乃焚天劫火．天焰務將罪人化為灰燼——制裁紅炎。〉

長達八節的滔滔唱誦。在我伸出手掌的前方有大得離譜的魔法陣展開。

近代流傳的魔法不會唱誦這麼長，最多也就七節。會到八節表示這並非近代流傳的魔法。

以往魔法曾繁榮甚於今世時的魔法。那便是古代魔法。
唯有具備天分者才能用的該項技術在不知不覺中被遺忘，傳承者斷絕後就失傳了。
要令其重現於世只得解讀前人留下的寶貴典籍。因此懂得使用古代魔法的人，即使在全大陸也屈指可數。
當然，有機會目睹的人也不多。
所以某方面來講，在場這六個人算是經歷了寶貴的體驗。
魔力充盈於巨大魔法陣。於是在魔法陣周圍又出現了六個小規模的魔法陣。
而小規模的魔法陣在巨大魔法陣周圍旋繞打轉。
接著當魔力高漲到崩解前夕時，耀眼的火焰閃光從魔法陣發射出去了。
那在轉瞬間將山上的樹木焚燒殆盡，也將盤據該處的眾多史萊姆燒個精光。非但如此，甚至連山頭本身也完全燒光了。
只留下焦黑的地面。
「這樣史萊姆就不會再繁殖了吧。」
「真的假的……」
「……這就是ＳＳ級冒險者所用的古代魔法……」
亞伯和女冒險者嘀咕，其他人則是目瞪口呆，正嘗試理解當下發生的事。將整座山焚滅的魔法，那已是近乎傳奇等級的魔法。

即使突然發生在眼前，應該也來不及理解吧。

「能麻煩你們向公會報告嗎？」

「……應該由你去才對，我們什麼也沒做。你救了公爵領，英雄可是你耶。」

「抱歉，我沒有興趣。我還有其他事情要辦，剩下的交給你們了。」

交代過後，我便用瞬移魔法從現場離去。

瞬移的目的地是位於克萊納特公爵屋邸內的一室。我分到的房間。

艾諾特皇子在外界認知中仍然停留於公爵領。我會跟公爵一起聽取席瓦討伐了史萊姆之母的報告，然後從公爵口中得到協助的承諾，差事才總算了結。

在那之前都不能疏忽。如此思索的我摘下銀色面具。

而我在聽見驚呼聲以後才發現那是致命的疏忽。

「咦……？」

有自己沒料到的事態發生了——是如此的聲調。

聽見耳熟的嗓音，我便感到後悔。

因為我以為房裡別無他人。分給皇子使用的房間，我心想未經皇子允許是不會有人進來的。回頭望去，目睹對方的臉孔讓我更加後悔。

「……菲妮。」
「……艾諾特皇子……？」
絕世美女兼公爵的女兒。
無法輕易封口的少女菲妮就在那裡。

4

菲妮手上有盛著點心的托盤。她恐怕是想將東西端來給我，因為沒聽見回應就進了房裡。
我交代過不用準備餐點，因此以為不會有人來我的房間，沒想到居然出現這樣的失算。
「艾、艾諾特皇子……？剛才，我看您瞬移到了房裡，還有那身裝扮……不是席瓦大人穿的嗎……？」
「……」
說我喜歡扮成這模樣能敷衍過去嗎？不，再怎麼講都沒用吧。

不然要殺了她嗎？那也不成。菲妮頗受皇帝中意，她要是出了什麼事，皇帝肯定會親自下令查辦，有嫌疑的人無疑是我。在遭受懷疑的時間點，李奧的帝位之爭就沒戲唱了。

對旅店老闆用過的魔法也竄改不了印象強烈的記憶。不可能敷衍過去，更不可能封口。走投無路了嗎？

「……妳為什麼會進來房裡？」

「啊，那個……因為我做了烘焙的點心，覺得您或許會願意嚐嚐……然後房間裡沒有回應，我誤以為是不是出了什麼事……」

「唉……」

看菲妮消沉而過意不去地縮得小小的，我也發不出脾氣了。

我已經無意訴諸強硬手段。可是，也不能就這樣放著她不管。

「妳知道了我的祕密。既然如此，我就不能白白放妳走。」

「我、我不會告訴任何人！席瓦的真面目居然是皇子！」

「妳倒是講得挺大聲嘛。」

「啊……」

「放心吧。我設了隔音結界，無論妳講什麼都不會外洩。」

「這、這樣啊……感謝您……」

菲妮害羞似的臉紅了。

她好像沒有察覺到自己正面臨危機。外頭什麼也聽不見，可就表示菲妮受到任何對待都無法求救……

「妳不想想我會對妳做什麼嗎？」

「您指的是？」

「或許我會為了封口而對妳動手。」

「您嗎？斷無可能。萬一有那種可能，也是情非得已吧？那麼我甘願承受。」

「……我可不記得自己有讓妳信任到這種地步耶。」

「既然您就是席瓦，想必已經打倒怪物才會回來吧？那麼，您更是拯救了我們公爵領的英雄。何況您以皇子的身分前來，還花了許多工夫演戲，那也都是為了令弟吧？所以我信得過您。畢竟您肯為他人行動，肯定是一位良善的人。」

菲妮說著便露出滿懷柔情的笑容。

她應該是個好人，居然能如此相信他人。

既然菲妮得知我正是席瓦，理應也會察覺到之前那一連串的戲碼都是為了貶低公爵家，藉以逼迫他們對我方感恩。即使如此，菲妮仍然相信我。

我實在不能辜負她的信任。

「我的祕密只有瑟帕知情，而且瑟帕絕不會透漏口風。如果祕密外洩，我絕不會放過妳，所以別將此事告訴任何人。」

「好的！我明白了。」

聽到菲妮活力充沛的回答，我發出嘆息。我也在想是否要用上幻術，讓她以為這是一場夢，可是玩那種小把戲必定會露出馬腳。

而且那種馬腳將在日後造成致命的破綻吧。這樣的話，相信菲妮會比較好。

從之前的互動大致可以曉得菲妮為人如何。萬一洩密，對象應該也是跟菲妮有關的人，到時再祭出強硬手段也不遲。

「沒想到一直保守至今的祕密，會因為這樣而被人揭穿……」

「請您打起精神，這裡有點心可用。啊，我去泡一壺紅茶。」

菲妮開心地把點心擺上桌，還著手準備泡紅茶，而我一邊看著她一邊在內心吐槽：還不都是妳害的……

■■■

「以上便是本次委託的報告。」

回到領都的亞伯跪在公爵跟前，做了一連串報告。

聽完所有內容的公爵連連點頭以後，對亞伯投以犒勞之詞。

「真的辛苦你們了。委託變得如此艱鉅，感覺實在過意不去。這是委託酬勞外的一點心意，希望你們拿去。」

話說完，有等同於人數的小袋子被拿到亞伯面前。

袋子裡裝著為數可觀的錢。然而，亞伯搖頭予以拒絕了。

「有委託的酬勞就夠了。這次委託正如剛才所說，將問題導向解決的人是席瓦，而非我們幾個。身為冒險者會有打拚至今的矜持，請公爵見諒。」

「這樣啊……嗯，我明白了。倘若再有狀況，我還會拜託你們才對。到時候請務必領情。」

「是。到時候我們絕對會親手完成委託給您看。」

亞伯說完便離開現場，只剩下我與公爵。

「這樣就告一段落了嗎？」

「是啊。對殿下實在是感激不盡。謝謝您。」

「要謝就謝李奧吧。我會來到這裡，還有席瓦願意行動，全都是因為有李奧。」

「是的……殿下。我們克萊納特公爵家將全面支持李奧納多皇子，並成為其後盾。請容我們報答這份大恩。」

總算聽見這句話的我放心地吐了一大口氣，然後向公爵伸出右手。公爵見狀就握了我的手。

「麻煩你了。」

「我等必能擁戴李奧納多皇子即位。」

「不錯。」

這麼一來，繼三名爭奪帝位的皇兄皇姊之後，李奧也奠定了第四勢力的地位。有名門望族克萊納特公爵家站在我們這邊，之前一直在觀望局勢的其他人也會願意協助李奧吧。

我們父皇將認同李奧亦為志在帝位的繼承者之一，更代表李奧終於站上了起跑線。

儘管要放心還早，我想總之是了卻一樁差事了，公爵便有些不安地對我問道：

「殿下……您那邊人手是否足夠呢？」

「人手嗎……我希望能對你表示足夠，可是根本不足。畢竟尚有貴族堅持要靜觀其變，我也想多找幾個可信任的人手來與那些貴族交涉。」

「原來如此。那我放心了。」

「公爵願意提供人手嗎？」

「是的，我打算將小女託付給您。」

「什麼……？」

我不禁又問。公爵也對我的反應回以苦笑。

「您會訝異也是難免。昨天聽菲妮提起，我同樣吃了一驚。她似乎無論如何都想報答拯救了我們領地的兩位皇子……鮮少抒發己見的那孩子居然會說出這種話……我本人也深有感慨。」

「不，慢著……何苦扯那些給我添麻煩……」

「請別這麼說，殿下。那孩子在帝都是名人，能讓皇帝陛下記得更是福澤加身，必然對您有助益才是。」

「這我倒是認同……公爵，不過這樣行嗎？」

坦白講好處說不盡。菲妮對我方就是如此有用。

然而，菲妮會突然提到想去帝都，除了昨天得知了我的真面目，應該別無其他理由。老實說，她能在領地乖乖待著的話，我個人是比較安心。

在帝都免不了要跟許多人接觸，誰曉得情報會從哪裡外洩。

所以我本來是打算利用公爵的為父心理。

「那孩子自願如此，還請您使喚她吧。」

「……」

我以為疼女兒的公爵會予以挽留，他反而還推波助瀾。這位做父親的，到底有多麼明理啊？我都想不出有什麼理由能拒絕了。

結果，我被迫答應讓菲妮同行。於是——

「那我要出發了喔，爹爹、哥哥。」

「去吧，妳可要幫上皇子的忙。」

「要保重身體啊～」

在父親和兄長目送下，菲妮搭上馬車。

菲妮從馬車窗口揮了一陣子的手，但是在看不見那兩人以後，她便直直地望向面對面坐著的我。

「艾諾特皇子，我雖是無才之身，往後還請您多多關照了。」

「唉……」

「請問……您在生氣嗎……？」

「我對妳感到傻眼。接下來我們要進行的是帝位之爭，流血無數次的暗鬥。想調頭就得趁現在喔。」

「我明白。即使如此……我還是希望幫上您的忙。何況有我在身邊，皇子易於監視豈不放心？」

「不，妳乖乖待在領地比較能讓我放心。」

「咦咦咦咦！」

看菲妮驚訝得雙手亂揮，我再次嘆氣。

被這樣的女孩知道了祕密，我還行不行啊……

5

回帝都的我立刻前往李奧的房間。

即使李奧知道我有所行動，也不曉得我跟席瓦的關聯，因此有必要向他解釋清楚這方面的問題。

所以我前往他房間的腳步頗為倉促，房裡卻剛好有人走了出來。

是我不擅應付的人物。

「嗨，瑪、瑪麗……」

「好久不見，艾諾特大人。」

如此開口並走出房間的女僕朝我行了禮。

水藍色頭髮齊肩，看不出情緒的水藍眼睛宛若水晶。這個女僕名叫瑪麗‧維爾科。

她是侍奉李奧的女僕，基於其才幹還兼任李奧祕書的才女。

年紀十六歲，平民出身，在找工作時遇見了李奧，能力獲得賞識後逐漸被交付各項工作，如今已成為李奧的心腹。

我不擅長應付這個無論何事都將李奧視為第一的女僕。

至於要說到為什麼——

「……呃，李奧在裡面嗎？」

「是。」

「……」

瑪麗便是如此寡言，而且面無表情。

她在跟我相處時好像會表現得格外明顯。對於吊兒郎當的我，她應該沒有好感。

我的聲望下滑，基本上李奧的聲望就會藉此提升。不過，偶爾也會有人把李奧跟我扯在一起而輕視他。對瑪麗來說，那恐怕不是多愉快的事。

她希望可以的話，我能夠爭氣一點。

照我的解讀，瑪麗就是以寡言的形式隱約透露了這種情緒。

「我不在的期間，情況有沒有什麼變化？」

「有。人才正逐漸聚集到李奧納多大人身邊，主要是平民出身者。我接下來要過去審查。」

「是嗎？畢竟李奧不會拘泥於身分嘛。我懂了，謝謝。妳加油吧。」

「是。失陪。」

瑪麗說完就面無表情地從我身旁經過。

不過，她心血來潮似的停下腳步，還凝望著我的臉。

「艾諾特大人。」

「什、什麼事？」

「艾諾特大人……您好像變精悍了些。我第一次覺得您跟李奧納多大人有點像。」

瑪麗說完，這才行了禮離去。

搞什麼……

「說來說去，感覺瑪麗敏銳得很。往後我得小心。」

為了盡可能讓自己看起來窩囊，我帶著比平時放鬆的表情和背脊走進李奧的房間。

■■■

「哥，沒想到你會跟席瓦搭上線……原本我就覺得你的人面廣，但你居然跟那樣的大人物也有接觸。」

「並不是我主動去跟他認識，是對方來接觸我的。他說要協助我方將克萊納特公爵納為自己人，藉此取信於我們。所以我跟席瓦在形式上就聲稱受了你的委託。不好意思，搞得事後才來知會你。」

公爵領的報告做完以後，我在李奧房裡解釋了席瓦的事情。

形式上到底還是得辯稱由席瓦主導，否則我要行動就會不方便。我只是受了席瓦利用而已——即使這件事外洩出去，大多數人仍會如此判斷才對。

我跟席瓦的關聯遲早會穿幫，為此我也非得預做防範不可。

「無妨啊。哥有哥的考量吧？」

「對，之前沒有轉達你，是因為我並未完全信任席瓦。然而，那傢伙依約行事了。

總之我想可以先相信他，不過那傢伙確實也是個謎團很多的男人。畢竟席瓦沒有明示協助我們的理由，要寄予全盤信任還是再等等比較好。」

「這樣啊……我也想見見他呢。」

「我會替你轉達，但是席瓦特地來跟我接觸，可見他目前似乎無意跟你直接會面。我也曉得跟他取得接觸的方式，然而答不答應仍要看對方意願。好比一張不受我方擺布，只會任意行動的鬼牌。我看先不要過度依賴他。」

「我了解啦。不過多虧有席瓦，克萊納特公爵領獲救了，公爵也願意協助我們對不對？我想他應該是個好人不會錯。」

「你又來了，凡事只看光明面……」

我傻眼似的嘆氣。

這陣子，我覺得自己像這樣嘆氣的次數變多了。理由自然不用說。因為除了李奧之外，在我身邊又多了一個跟他類型相似的人。

「談到這個，我聽說公爵家有派人過來，來的是誰呢？畢竟公爵總不可能親自過來吧……」

「對啊，說得沒錯。瑟帕，幫我把人叫來。」

「是！」

我出聲吩咐在房間角落待命的瑟帕，不久，在附近房間等待的菲妮就來了。

「幸會，李奧納多皇子殿下。我是克萊納特公爵的長女，名叫菲妮．馮．克萊納特，往後還請見示。」

菲妮優雅地提裙行了禮。

對此李奧毫不訝異地回以完美的禮數。

「我是第八皇子，李奧納多．雷克思．阿德勒。沒想到能有機會直接與蒼鷗姬對談。原來妳比遠觀所見還要美麗許多，很榮幸與妳會面。」

「殿下，您真會說話呢。能與艾諾特大人的皇弟相見，我同感榮幸。目睹您正如艾諾特大人所述，是位溫柔和善的人，我便放心了。」

「哥向妳提過我？很令人好奇呢。能否請教他都說了些什麼？」

「好的，樂意之至。啊，我來為兩位泡壺紅茶。」

「謝謝妳。」

這兩個人居然不到一分鐘就混熟了，連我都對這個弟弟感到害怕。能輕易走進他人的內心，這已經是才能了吧。

兩人之間共通的話題不多，聊到身為少數交集點的我，話題自然變得熱絡。

至於我嘛，就只能尷尬地板著臉。而李奧大概是出於體貼，便丟了話題給我。

「對了，哥，你打算讓菲妮小姐用什麼樣的形式協助我們呢？」

「基本上，我會要她擔任交涉的角色。還有，近期內我要讓她頻繁往返於帝都的居所和我們這裡，光是如此就能昭示克萊納特公爵已經站到我們這一邊。當下頂多就這樣。啊，我跟席瓦的關係已經告訴她了，這部分你不必放在心上。她知道公爵家受我誆騙，仍願意協助我們。」

「您又用這種自扮黑臉的方式講話……我們家惹怒了席瓦大人是事實，艾諾特大人居中調解更是事實。這樣不就好了嗎？」

「我們合得來呢，我也是這樣想。我哥的缺點就是會過度貶抑自己喔。」

「唉……」

感覺活像李奧變成了兩個。

反正要凝聚勢力，我方的親善人物越多越好。雖然我要操的心大概也會增加。

「這是我的行事作風，你們別在意。更重要的是，李奧，我方在帝都有聚集到夥伴嗎？」

「嗯～～不好說呢。帝都的權貴都已經投入其他三人的陣營了，目前我正在遊說傾向於中立的中堅貴族。」

我為了轉移話題而詢問李奧這邊的成果，得到的回答卻正如預料。

即使得知克萊納特公爵站到李奧這邊，會採取行動的也只有中立派系。原本已經被另外三個對手納入陣營的人士，我們是動不了的。公爵站到我方這件事至今仍未傳遍帝都，當前狀況應該也就如此。

「兩位殿下……我對帝都的情勢並不熟悉……請問能不能談談三位對手的事呢？」

「哥，你沒有跟菲妮小姐提到嗎？」

「回程她問的盡是無關緊要的問題……我就累得沒力氣多講了。」

「對不起……」

「不，妳居然能讓我哥感到困擾，實在了不起。因為他基本上是什麼都能當耳邊風的人。」

「真的嗎！」

「這就表示妳講話麻煩到讓我無法當成耳邊風。」

「啊唔……」

側眼看著菲妮沮喪的我從房間裡拿了三顆寶石，擺到桌上以助理解。

「把這些比作三個對手。第一顆是藍色寶石。第二皇子，埃里格．雷克思．阿德勒，二十八歲，統掌眾多文官的皇子，以知性派著稱。第二顆是紅色寶石。第三皇子，戈頓．雷克思．阿德勒，二十六歲，軍中最大的派系，本身也會上戰場的好戰派。第三顆則是綠色寶石。第二皇女，珊翠菈・雷克思・阿德勒，二十二歲，長於魔法，廣受位於帝國各地的眾多魔導師支持。這三人正一邊拓展勢力一邊謀求帝位。其他皇族大概也有人正在圖謀，不過跟這三人一比就形同不存在。」

「文官、武官以及魔導師。他們有牢靠的後盾。貴族們為從中取利，各自在巴結自己擁戴的勢力，這就是帝位之爭的現狀。爭鬥是從三年前……身為皇太子的長兄喪命於戰場後開始的。」

「我有聽到風聲……父親也說過，若是聰穎的第一皇子殿下仍在世，帝位之爭根本就不會發生。」

「就是啊。那個人活著的話就不會弄得這麼麻煩。」

不過反過來講，正是因為那個人死了，全體皇族才有機可乘。

對此我感到不對勁。聰穎勇猛，人格亦優秀出眾，彷彿將李奧全面升級過的長兄豈會戰死在沙場？

事情經過調查，由皇帝親自查辦。儘管已經證明那並非算計所致，我卻始終覺得當中深藏著陰謀。

話雖如此，一直惦記死去的人也不是辦法。

「那個人已經不在了，三名皇兄皇姊又不會對為敵者留情。李奧，我們只剩由你代長兄稱帝一途。」

「我明白。可是，我辦得到嗎……」

「放心吧。我保證你行。」

我說著就拍了李奧的背。於是李奧一邊咳嗽，還一邊嘀咕會痛。

談笑持續了一陣，當我認為差不多該回去的時候。

「叨擾了。」

瑪麗回來了。

她手上拿著幾份文件。

「辛苦妳了，瑪麗。我來介紹，這位是菲妮．馮．克萊納特小姐，克萊納特公爵的千金。」

「幸、幸會。」

「幸會，我是李奧納多的女僕，名叫瑪麗。久仰蒼鷗姬盛名，您比傳聞中還美，更具備精準的眼光。您會大駕光臨，代表正是這麼一回事吧。」

「沒錯，克萊納特公爵家願意站在我方。這些啊，都是哥的功勞。」

「別說了，亂害臊的耶～」

「您的手腕真是高明，艾諾特殿下。」

我試著打哈哈，卻照樣受到稱讚。

當我遲疑該如何反應時，瑪麗將文件呈給李奧過目。

李奧看到的瞬間，臉色變得陰鬱。

「之前使計拉攏的薩伊富里特伯爵與波曼男爵，各自被珊翠菈殿下和戈頓殿下挖角了。」

「被他們陰了呢。果然還是靠錢定江山嗎？」

「是的。兩邊似乎都開出了可觀的金額。」

「他們都跟大商會有合作關係，要比財力，我們是拚不了的。這沒辦法。」

「萬分抱歉。原本我無論如何都希望起碼要讓波曼男爵加入我方陣營……」

我記得波曼男爵是宮廷貴族。他並未擁有領地，而是在帝都擔任要職的貴族世家。

他們屬於代代都參與軍務的世家，波曼男爵則是軍務大臣的親信。軍務大臣主要經管兵站的相關事項。在軍中支持率高人一等的戈頓要是連軍務大臣都掌握住，軍方絕大多數的人都將落入戈頓手裡。

現任軍務大臣似乎無意加入帝位之爭，跟任何繼承者都避不見面，但是那也不知道能維持多久。

只要我方茁壯，那些人就會用更快的步調添增實力。

「無法盡如所願呢。」
「但是我們有進步了。身為名門望族的克萊納特公爵家成為自己人，聲名遠播的菲妮小姐也來了。往後我們行事會方便許多。」
「是的！我也會加油！」
「我要休息一陣子。大概是騎馬到克萊納特公爵領的關係吧，腰很痛。」
「講話別像老爺爺一樣嘛。」
「你也去一趟看看，騎過就曉得有多傷腰。」
我們聊著這些，享受了短暫的安穩。

■■■

菲妮來到帝都過了三天。
向皇帝請安後的菲妮從未間斷來我們這裡拜訪的行程。她的身影自然已被眾人目睹，風聲在帝都傳開了。
人們口耳相傳克萊納特公爵為了替李奧納多皇子撐腰，便將蒼鷗姬送到他的身邊。
傳言就像這樣在眾人加油添醋之下逐漸蔓延。喜歡嚼舌根的帝都居民似乎已經編出了李奧和菲妮之間的情史，這樣倒也不壞。總之只要風聲傳開，克萊納特公爵為李奧撐腰這件事就會變得人盡皆知。

而在這個節骨眼。

「能不能請您帶我遊覽帝都呢？」

菲妮向我提出了如此的請求。

我明白她為何要拜託我。因為我對帝都的熟悉程度壓倒性地勝過李奧。

可是這有個問題。

「妳走在帝都街上會顯眼到不行吧……」

「我會喬裝的！」

菲妮說著就一臉自信滿滿地拿出眼鏡戴上。

她似乎自認喬裝完成了，然而那根本算不上喬裝。或許認得出她是菲妮的人確實會少一些，卻根本掩飾不了菲妮身為美女這一點。

戴眼鏡加強了知性美女的氣息，偏好這種風格的人應該不少。而她自以為這樣就叫作喬裝，要說她知性可讓我難以啟齒。

「免談。」

「請、請問為什麼！」

仍想爭辯的菲妮讓我傻眼地嘆氣。看來這個少女並沒有發現自己是美女，而且極為吸引他人目光。

當妳獲贈藍色海鷗髮飾時，可就等於被皇帝認定為舉國第一的美女了耶。

「我不想有醒目的舉動。如果妳能讓自己變得更不起眼，我還可以考慮。」

反正妳也辦不到吧——我一面在內心嘀咕，一面駁回了菲妮的央求。

我在這時期跟菲妮一起外出不太好。菲妮和李奧的話題好不容易炒熱，廢渣皇子要是牽扯進去就糟了。

如此心想的我度過了上午，菲妮就在中午時一臉自信滿滿地進來房間。

「請帶我遊覽帝都！」

「會引人注目，我不要。」

「我會喬裝的！」

菲妮像先前那樣，自信滿滿地拿出了一套衣服。

附兜帽的灰色斗篷，完全是供旅行者用的。

而菲妮把它穿戴到身上。由於臉孔全都被遮住了，瞥眼看去應該不會有人認出她是菲妮。

「誰給妳出的主意？」

「瑟帕先生教了我這個方法！」

「那傢伙……我還得考慮護衛的人選，所以改天吧。」

「瑟帕先生說過，只要有艾諾特大人在就不需要護衛了！」

「……」

那個管家腦子裡只想著要跟我作梗嗎？

我本來想在今天內整理出有望投靠我方的中立貴族耶……

被菲妮用燦爛目光盯著的我嘆了氣，然後屈服。

「好吧，我們就到外頭用餐吧。」

「好的！」

「我沒辦法帶妳在外面逗留太久喔，還有許多人捎信表示想跟妳會談吧？」

「不，目前我並沒有收到那樣的信息喔。」

「……畢竟妳備受父皇寵愛嘛，沒有人敢輕易出手吧。」

皇帝並沒打算將菲妮納為妃子，他只是把生得貌美的菲妮當女兒寵愛罷了。不過，那樣就比較棘手。胡亂親近菲妮的話，皇帝難保不會像女兒被人勾搭的父親那樣發怒。

而菲妮跟李奧有關聯這一點，大概也是讓其他貴族退縮的理由。與菲妮親近的話，必然也會與李奧的陣營靠攏。好像還沒有貴族敢做出這樣的判斷。

「也罷。那我們走吧。不過，當我說要回來時就得回來喔。」

「好的！請殿下多多指教！」

笑逐顏開的菲妮欣喜地回答我。

■■■

帝都街上一向很熱鬧。

而菲妮喜孜孜地逛著這樣的街道。

「艾諾特大人，請問那是什麼地方呢？」

「那間是鑑定鋪，有那裡發行的證明書就能夠高價銷貨。啊～還有，妳叫我艾諾就好。」

「妥當嗎？那不是您的暱稱？」

「萬一被人察覺也很麻煩，叫我艾諾就好。」

「……往後我都可以這樣稱呼？」

菲妮用窺探般的視線朝我望過來。

叫我艾諾的人不多。不過，既然她本人想這麼叫，我也沒理由阻止。

「隨妳高興。」

「好的！艾諾大人！」

搞不懂她在高興什麼。

我佩服菲妮連小事都能感到開心，並帶她遊覽帝都。

途中，我們到我常光顧的餐館吃飯，還先繞了一趟帝都的主要設施。

而在路上，我看見有小朋友用魔法玩鬧。他們正用超初階的水魔法互相潑灑。

「令人懷念。以前我也常常像那樣跟街上的小朋友玩。」

「艾諾大人會在街上玩？」

「因為我常常溜出城啊。最近就沒辦法隨意跟他們見面了，但我現在還是偶爾會找時間跟當時一起玩耍過的那些朋友相聚。」

「跨越身分的友情嗎……好讓人羨慕。因為我的朋友並不算多……」

「在帝都妳想交多少朋友都有啦，好人和壞人都多得很，從中挑妳信得過的人當朋友就好。又不是有老朋友就比較強，畢竟友情跟時間無關啊。」

「艾諾大人……」

菲妮好像對我說的話有點感動。

她停下腳步，細細體會我說的話。希望她別這樣。我明明就沒有提到什麼大道理。

當我對反應誇張的菲妮苦笑時，有幾個小朋友逃來我們旁邊。
從後頭追來的小朋友有三個左右，他們恐怕是當鬼的吧。水魔法一塊施展出來了。
不過那卻掠過了逃跑的小朋友身邊，而且——
「呀啊！」
還命中杵在行進方向的菲妮。
由於有好幾道水魔法命中，菲妮的衣服就像被人用整桶水潑到，變得溼答答的。
「妳還好吧？」
「啊，是的。我沒事。」
「對不起～」
「不會，我不要緊喔。」
菲妮說著就用笑臉迎向湊過來的小朋友們。
小朋友們對菲妮從兜帽底下露出的笑容看得著迷，不過他們立刻察覺到某件事而臉紅了。被小朋友們凝視的菲妮則是微微偏過頭。
我循著小朋友們的目光，就發現有重大問題發生了。原來如此。對小孩來說刺激太強啦。
「菲妮，過來這邊！」

「咦？艾諾大人？」

我拉著菲妮的手，急著從現場離開。

拔腿跑了一會兒以後，我們躲進巷道。菲妮一邊調適呼吸一邊問我：

「呼……呼……呼……艾諾大人……請問是怎麼了……呼……呼……」

「衣服變透明了。」

「什麼？」

我不忍心進一步明講，就別開目光用手一指。

設法引導菲妮將視線轉向身上的衣服，她才察覺自己的慘狀。

「啊哇哇哇！」

菲妮紅著臉遮住身體。

她穿的衣服被水打濕變成半透明，上下成套的清純白色內衣褲都讓人看光光了。

菲妮設法用灰色斗篷遮住身體，但光靠那樣遮不完。

「沒辦法，我們去買衣服吧。要是讓妳得了感冒也會很困擾。」

「您、您說買衣服……？」

「附近有熟人開的店。」

我說完，拉起菲妮的手，盡量沿著沒人的路走進一間小小的服飾店。

「哦？這可不是殿下嗎？怎麼了啊？」

服飾店老闆是個裝扮奇特，髮型也奇特的男子。

以前我溜出城，固定都會來這裡張羅衣服再跑去玩。瑟帕查過老闆身家，就曉得他是個毫無可疑之處的男人。

「讓我看看女用的服飾。」

「您扮女裝是要上哪裡去？」

「不是我要穿！唉，要穿的人是她。反正把貨拿出來就對了。」

「哎呀呀，您會帶女性出來走動可真稀奇呢。」

老闆說著這些，陸續拿出店裡的女用服飾。當他看見菲妮戴著兜帽時，似乎就曉得當中有隱情了。再好奇也不至於深究吧。謝天謝地。

菲妮端詳老闆拿出來的衣服，然而他拿出的全是城鎮女孩穿的服飾，實在不像公爵千金會穿的衣服。她似乎不知該怎麼辦才好，視線左右亂飄。

她煩惱一陣子以後才低聲朝我問道：

「請問我該穿什麼樣的款式才好呢？」

「挑妳喜歡的就好了吧。反正只有今天會穿。」

「咦？要這麼浪費嗎？」

「妳怎會說浪費……」

她生作公爵家的女兒，觀念卻相當明理呢。

看來克萊納特公爵在教育小孩這方面莫名有一套。雖然長男沒有教好。

我催促：趕快選一選就好。菲妮便蹙眉煩惱起來。

接著她朝我瞄了幾眼，然後下定決心似的問：

「請、請問艾諾大人喜歡哪一套？」

「我嗎？讓我想想。」

我希望菲妮穿的是品味好，走在一起也不顯突兀的衣服。

還必須顧及她平時的形象。

我指向白色的樸素洋裝。

於是菲妮就用驚人的速度拿起那套洋裝，走進位於店內的試衣間。

「感覺不錯呢，青澀純真。」

「你可別張揚我帶了女人喔。」

「是是是，我才不會聲張呢。不過，當中有隱情吧。畢竟您帶女性出來走動算是鮮事，令人意外耶。」

「並沒有多稀奇吧？」

「即使您會跟幾位損友出來玩，也不曾帶著特定的女性在外走動啊。殿下終究也難過美人關嗎？」

「隨你解讀啦。」

當我們聊著這些時，菲妮拉開布簾現身了。

儘管臉蛋用兜帽遮著，還是看得出白色洋裝穿起來有多合適。基本上菲妮穿白色都會合適。

「請、請問您覺得如何……」

「我認為很適合妳。」

「對呀，既合身又體面喔。殿下，付款照老樣子可以嗎？」

「好，之後派瑟帕或找個人來付就行了吧。不好意思，老是麻煩你。」

「不會不會，有殿下當主顧，店裡才免於被地痞流氓盯上啊。那就請兩位好好享受約會吧。」

「約、約會？」

「我只是帶她遊覽帝都，別誤會。」

「年輕男女一同出遊，不管怎樣都算約會啊。」

我們被老闆消遣，離開了店家。

過了片刻，菲妮似乎是意識到剛才那些話，臉變紅了，反應也怪怪的。

下次再算這筆帳，給我記住，臭老闆。

■■■

儘管我說過不能在外面長時間逗留，帶菲妮遊覽帝都也還是耗了不少時間。

我剛想到差不多該回去時，菲妮便盯著賣小飾品的店。

「唉……別在裡頭待太久喔。」

「好的！」

由於她用眼神提出了想進去逛的訴求，我只好允許。

或許菲妮本身也懂得節制，她並不會在口頭上要任性。然而俗話說眉目傳情，眼神所傳達的想法勝於嘴巴，她用眼睛提出的訴求可不簡單。

不曉得這都第幾次了。我實在是累了就沒有進去店裡，而是在外頭背靠柱子。

然而，來客卻不肯讓我休息。

「哎呀？在那裡的難不成是廢渣皇子？」

聽見尖酸的刺耳說話聲，使我蹙起眉頭。

坦白講，我遇到了不想遇到的傢伙。

帶著一票跟班現身的人，是個將褐髮剪成鍋蓋頭的青年。

體型高瘦，服裝與髮型的品味讓人不敢領教。可是，他好像覺得自己英俊瀟灑而自信十足。

來者名叫吉多・馮・霍茲華特，在貴族中歷史第二悠久的霍茲華特公爵之子，同時也是我非自願結交的童年玩伴。

霍茲華特公爵在帝都近郊擁有領地。因此，他在帝都建了居所，而這傢伙也就常常來城裡。由於我們同年紀，周圍的大人就把這傢伙跟我和李奧擺一塊了。我們是經常一同上課或修練的老交情。

不過，這傢伙只會對李奧擺好臉色，對我一直都是百般欺凌，他身邊那些跟班也是從當時就在欺負我的同夥。我既不會還以顏色，也不會打小報告。何況周圍的大人都鄙棄我，看起來正好可當出氣筒吧。

或許他就是靠欺負地位比自己高的皇子來滿足優越感。

連長大後的現在，每次見面他都要來糾纏。

「吉多嗎……還真難得，在這種地方碰上你。」

「因為我在馬車駛過時看見了一張窮酸得不像皇子的臉嘛。感覺身為帝國貴族是該過來問候一聲。」

「多謝你用心。」

「怎麼？你那是什麼態度？」

吉多拿著手杖，還用杖尖戳在我的腳背上轉來轉去。

然後他一臉焦躁地告訴我：

「你以為我當著大庭廣眾就不敢揍你？就算揍了你，也不會引起話題喔。你的臉根本沒有人會在意。」

「不好說吧。最近李奧名聲正旺，或許我的長相也被民眾認得了喔。」

就算是帝都居民也未必記得所有皇族的臉。即使我的惡名傳遍市井，民眾掌握的特徵應該頂多就黑髮黑眼。我在典禮上會現身於民眾面前，然而從遠方是認不清容貌的。

可是，這陣子李奧變有名了。相同臉孔的我要是挨揍，事情必然會鬧大。

「你又不是李奧納多。看就曉得，姿勢駝背，衣服總穿得邋遢，目光還老是朝著底下。這顯示你缺乏自信。誰會把你當皇族？光從舉止風範來看，你就跟皇族差遠了！」

吉多說著就拿手杖使勁敲了我的小腿。銳利的疼痛讓我繃緊臉孔，可是我不會就這樣倒下。

我不能在這種地方引起注目。目前旁人只是以為有誰被貴族糾纏上了，但如果引起注目讓人認出我長得酷似皇族，就會造成騷動。到時候，無論事情怎麼收場都嫌麻煩。
那麼，該怎麼辦才好呢？
「請問出了什麼事嗎？」
我差點忍不住咂嘴。沒想到她會在這時候出來。希望事態別弄擰了。
菲妮目睹吉多再次用手杖敲我的腿，就露出怒火。
「無禮之徒！」
「嗯？怎麼？她是你的隨從嗎？」
「你這人竟能再三無禮呢。」
菲妮說著便摘下兜帽。
剎那間，吉多被那副美貌迷住了，不過在察覺她是何人之後又顯得驚慌失色。
「妳、妳是……菲、菲妮小姐！」
「沒錯，我是菲妮・馮・克萊納特。敢問你是？」
「我、我是吉多・馮・霍茲華特，霍茲華特公爵的長男。」
「家風正派的霍茲華特公爵之子？真遺憾，我還以為你是位更懂禮數的人物。」
菲妮露出失望之色，使得吉多一臉慌張地開始辯解。
那模樣非常丟人，對注重體面的吉多來說應是情非得已。居然在眾目睽睽下被數落，吉多的自尊心大概沒辦法接受。

「妳、妳誤會了！這傢伙是——」

「艾諾特·雷克思·阿德勒皇子。既然人們稱之為廢渣皇子，你便覺得對他做什麼都無妨？難道你對皇族並未懷有尊重及忠誠？」

「不、不是，沒那回事……」

我瞪向菲妮。

當下菲妮要是讓吉多丟盡顏面就糟了。菲妮是蒼鷗姬，在帝都擁有壓倒性的高人氣，又受到皇帝寵愛。憑她的能耐要替我解圍很容易吧，然而讓吉多丟盡顏面可不成。沒有必要因為這種芝麻綠豆般的小事樹敵。反正吉多只要逞逞威風就會滿足才對，而且他若是單方面對我動手動腳，只會讓他的風評變差而已。

我一直瞪著菲妮示意要她住手，她卻不當一回事。

然後菲妮說出了驚天動地的一段話。

「基本上……難道你以為我會跟艾諾特皇子出遊？」

「咦……？」

菲妮朝我直直望過來。我察覺到她的用意，並且嘆息。

事已至此也沒辦法，我只好順著菲妮的心思。

「妳這樣會造成困擾喔，菲妮小姐。畢竟是妳說不想落人口實，我才會特地穿上哥的衣服，還扮成哥的模樣……」

「萬分抱歉，李奧大人。」

「咦？妳、妳說，他是李奧納多……？」

「沒錯，正是我，吉多公子。」

我整理好頭髮與服裝，挺直背脊。講話模仿李奧的語氣，表情也改柔和。

搖身一變的我讓吉多瞠目，不過他似乎馬上就想起自己做了什麼，臉色頓時發青。

「李、李奧納多……你誤會了。我是因為……」

「沒關係，吉多公子。我明白你一直以來對哥的所作所為，既然哥任何話都不說，我也無意多做什麼。不過今天你請回吧，因為我正在帶菲妮小姐遊覽帝都。」

「這、這樣啊……我、我會照辦的……」

吉多尷尬地調頭回去。

對我也就罷了，如果吉多對李奧做了什麼，難保不會像菲妮所說，被人視為對皇族有欠尊重及忠誠。畢竟李奧是爭奪帝位的第四勢力，或許會成為下任皇帝的皇子，狀況不同於我。

從吉多的立場，應該也明白將事態弄得更擰就糟了。他匆匆回去的模樣活脫脫是個小角色。然而——

「瞧妳做的好事。」

「對不起……」

「唉……總之我們走吧。」

得先離開現場才行。引起太多人注目了。我們快步移動，一直到城堡附近。我在那裡停下腳步，然後望向菲妮。

菲妮以快哭的臉看著我。

「……妳自作聰明了對吧？」

「實在萬分抱歉……」

「假如放著那傢伙不管，只有他的風評會下滑。可是，這次的事情起碼讓他對妳和李奧懷有敵意了吧。何況，李奧或許會打扮成我的情報傳出去，更是有礙於我。」

「……」

菲妮眼眶裡逐漸盈上淚水，幾乎要直接哭出來了。

看她這樣，我便轉開了目光。

現在對菲妮說任何話也改變不了什麼，拿已經發生的事情怪她也沒有用。

「如果學乖了，下次就不要專擅過頭。那也會危及妳的人身安全，別貿然行事。」

「好的……」

泫然欲泣的表情依舊不變。

看菲妮低下頭，我猶豫著該怎麼辦，結果我什麼也做不到，只扔了一句話給她。

「不過……我明白妳的行動是出於體貼。謝謝妳。」

「……艾諾大人……」

「抱歉，難得出遊卻讓妳在最後留下了疙瘩。」

「不、不會！這並不是艾諾大人害的！是我輕率！下次我會留意的！所、所以……還能請您帶我遊覽嗎？」

「行啊，下次我也會跟著喬裝。」

我這麼說完，菲妮臉色就變得開朗，還露出了燦爛的笑容。

光是能看到這副笑容，專程帶她遊覽帝都也算值得了——我心裡這麼想，帶菲妮回到了城裡。

第二章　騎士狩獵祭

Episode 2

1

縱然是皇帝的兒女，也並非每天都能跟皇帝見面。因為統治廣大帝國的皇帝事務繁忙。

皇帝幾乎每天都要跟臣屬們開會，不過能參與的只限擔任重要職務之人。目前在稱作「重臣會議」的御前會議上，能列席的皇帝子嗣唯有第二皇子。

那一天，所有在帝都的皇子、皇女卻都獲令參加了重臣會議。

「真稀奇呢，不曉得有什麼事。」

「畢竟這樣的排場一年有沒有一次都難說啊。大概有什麼事要報告吧。」

莫為爭奪帝位而濺血——從皇帝口中無望聽見這種常識性的發言。身為父親，他反而認為要從帝位之爭勝出，才配即位為帝國的皇帝。

身為父親之前，他更是皇帝。儲備能讓廣大帝國存續並加以發展的傑出繼承者乃皇帝之責——在位之人甚至毫無忌憚地如此明言。為此他對或多或少的犧牲也會睜隻眼閉隻眼吧。

「報告嗎……希望會是好消息。」

「我想，十之八九不會有什麼中聽的消息。」

「但願不是那樣。哥，把斗篷穿好嘛。」

李奧傻眼地指向我拿在手上的肩掛式斗篷。

這件斗篷屬於皇族專用，披上去就可算是簡易的正式服裝。麻煩歸麻煩，既然要在皇帝面前現身就不能不穿。

「麻煩耶。」

「講這種話，你又要挨父皇罵了喔。」

「是是是，我知道了啦。」

我們說著這樣的對話，前往有皇帝王座的「覲見室」。

■■■

「諸位，辛苦了。」

「拜見皇帝陛下。」

眾人向坐在王座的金髮男子下跪行禮。

亞德勒夏帝國第三十一任皇帝，約翰尼斯・雷克思・阿德勒。年紀五十一歲，外表看起來卻仍像四十出頭。

國祚長達六百年以上的帝國的皇帝，同時也是我等的父皇。

在他身邊的盡是統御文武百官的重臣。

而他們的目光都直直注視著含我在內的皇帝兒女們。其人數為十一名。

「九名皇子與兩名皇女。看來沒有人缺席。人在國境的長女未能到場固然遺憾，不過她的事可以先擱著。兒女們，為父的感到欣慰。」

包含過世的長兄在內，其實有十三名兒女的父皇心滿意足地望著孩子們齊聚。

上至二十八歲，下至十歲。鮮有這麼多兒女一次到齊。

在這當中，有個塊頭格外壯碩的男子出聲了。

「皇帝陛下，請問這次召見所為何事？要發動戰爭的話，請務必派我上陣。我會毫不保留地向敵國打響帝國的聲威給您瞧！」

身上披戴著威武鎧甲的紅髮大漢。那是第三皇子，戈頓・雷克思・阿德勒。既為將軍之一，更是「皇子」當中最強的武夫。

儘管有的人會用威風凜凜來形容他，在我看來形容成桀驁不馴才貼切。他就是如此充滿自信而傲慢。

好戰的軍方鷹派人物基本上都站在戈頓那邊。如果這傢伙稱帝，就會不斷推行擴張帝國版圖的政策吧。或許還會征戰大陸眾強國，直至大陸統一。對想立下戰功的人來說，他應該會是位好皇帝。

對不希望打仗的人來說，他應該就是離理想最遠的皇帝了。

「戈頓，你還是老樣子啊。」

「開口閉口都是戰爭。頭腦簡單也該有個限度。自己瞧，陛下也在為你頭痛喔。」

父皇面露苦笑，有著綠色長髮的女子見狀便開口。

這名身穿黑色長袍的女子是第二皇女，珊翠菈・雷克思・阿德勒。相貌端正，眼神卻凶悍，因此整體看來給人潑辣的印象。眼神怕是直接反映了她的性格有多惡劣吧。實際上，那種潑辣的印象並沒有錯。

三個競爭對手當中，最殘忍的就是珊翠菈這個人。大概是出於性格因素，珊翠菈偏愛當代視為禁術的魔法，還陸續將其重現於世。這使得她廣受魔導師好評。

如果這女的稱帝，帝國應該能成為魔法大國。不過，想必那會是連非人道研究都獲得允許的瘋狂國度吧。

「哼，軟弱的魔導師應該不懂啦。在戰場活躍、在戰場殞命才是武人的榮譽。有意見的話，小心我一把捏爛妳。」

「哎呀？講話口氣真衝呢。既然你那麼想要榮譽，不如由我來賞你怎麼樣？」

現場氣氛瞬間僵凝，哪邊口氣衝倒難說。明明她話裡的意思就是要幹掉對方。

虧他們敢在皇帝面前爭成這樣。這兩個人的神經是長在哪裡？

當我如此心想時，有個藍髮男子清了清嗓。

「請您原諒弟妹的無禮，皇帝陛下。」

男子說著便低頭賠罪。這男的在所有兒女當中離皇帝最近，戴眼鏡又長得高，且目光銳利。

第二皇子，埃里格・雷克思・阿德勒。

在兒女當中，唯一有權以外務大臣身分列席重臣會議，包辦與諸國外交的天才。在頭腦方面被評為更勝過世的皇太子，此時此刻，他便是離帝位最近的男人。

如果這傢伙稱帝，帝國保證能安泰才對。然而，在這個既冷靜又冷酷的男人統治之下，人民應該會感到窒息。而且信奉現實主義的這個男人可不會留生路給未來的叛亂分子。一旦讓這傢伙稱帝，我們幾個必死無疑。

正因為這樣，我們只得投身於帝位之爭。

戈頓和珊翠莅瞪向代表兩人謝罪的埃里格。畢竟他們等於讓埃里格撿了便宜。

「行了。互相競爭是好事。為父的也是如此才會登基。」

互相競爭到最後就會變成互相廝殺。

在場所有人都明白這一點。即使如此，皇帝仍予以容許，因為他相信那是為了帝國好。

「所以嘍，為父的想讓你們互相競爭。為此我才召集了所有人。」

「要較量的話，正合我意。」

「哎，戈頓，你先等等，別把事情看得那麼簡單。十歲的么弟要如何與你較量？因此，這次為父的打算復興已有幾十年不曾舉辦的某項慶典。」

「您是說……慶典？」

父皇對埃里格所言點頭以後，就狂放地笑了出來。

這個人年輕時是在戰場上名聲響亮的武夫，更是親自率軍作戰而未嘗敗績的名將。偶爾現於臉上的豪邁笑容便會顯露出那一面。

「騎士狩獵祭。由各近衛騎士隊競爭所獵到的怪物稀有度及大小的慶典。在國土尚有眾多怪物的時代曾頻繁舉行，近年來則因為冒險者能力優秀而停辦。我有意復興這項活動。」

所謂近衛騎士就是帝國的頭號尖兵，直屬皇帝的騎士團，與侍奉領主的那些騎士截然不同。

他們亦為帝國的王牌，是皇帝於軍隊陷入苦戰時派往支援並帶來勝利的利刃銳劍，其忠誠心只向著皇帝。

要動員那批人舉辦慶典，八成會相當鋪張。

「原來如此。畢竟最近怪物活動旺盛嘛。可是，冒險者公會肯接受嗎？」

冒險者的工作是保護大陸全土的人民免受怪物侵擾。換句話說，狩獵怪物是他們的工作。除這以外，當然還是有別的委託，不過絕大多數都屬於跟怪物有關的差事。

對那些冒險者來說，難免會顧慮飯碗被慶典搶走而不是滋味吧。

「用不著擔心，為父的已經向公會總部徵得同意。這陣子，帝國各地的分部對帝國內發生的稀有怪物災情應接不暇，因此公會那邊殷切希望慶典能夠辦成。克萊納特公爵之前似乎就為怪物傷透了腦筋，對方也表示願意協助。」

父皇的那套說詞無法照單全收呢。

帝國這種不太有怪物出沒的區域之所以能設立公會分部，是因為有帝國負擔經營的費用。當中的含意是：怪物出現時就要麻煩你們處理嘍。可是，冒險者公會在克萊納特公爵領卻拿不出與那筆費用相符的績效。席瓦是透過與冒險者公會不同的管道才會出動，所以席瓦解決了問題也不能算是冒險者公會的功勞。

將這層因素考慮進去，雙方的互動正確來想應該是這樣：

『付你們一大筆錢卻討伐不了怪物是怎麼搞的？』

『對不起……』

『我國想舉辦慶典順便討伐怪物，你們可要贊同喔。』

『可是……呃，以我方的立場，不太方便表示贊同耶……』

『啥？不然你們把優秀的冒險者調來嘛。』

『那、那也不太方便……』

『兩條路給你選啊。』

『……那、那就舉辦慶典好了……』

八成是這麼一回事吧。

他是這群奇葩兒女的父親，斷無可能不把克萊納特公爵領發生的事用作談判籌碼。

從公會總部的立場來想，夾在當地冒險者和帝國之間應該也很為難吧。

唉，最近在帝國領內出沒的怪物確實多到前所未見，還是高等級的怪物。

不想些對策因應的話，民眾與農作物自是不說，難保不會連冒險者們都遭殃。就這層意義而言，出動身為帝國尖兵的帝國近衛騎士團來狩獵稀有怪物算得上妙招。舉辦成慶典更有收益可期，又能讓民眾放心。不愧是皇帝，拿得出好對策。

不過，問題在於他想怎麼把我們用在這場慶典上。

「我明白了。所以，您要我們率領騎士部隊去狩獵那些怪物是嗎？」

「埃里格，你果真厲害，推敲得好。為父的會親自將眾騎士分配給你們。要一同出擊可以，要靜候佳音也行。總之我希望將這場慶典辦得盛大轟動。」

皇帝說著就將議題總結。還特地提到要親自分配騎士，應該是為了讓我們無法巧施手段以招納優秀的騎士吧。

可主動出擊亦可靜候成果，聽來像是顧慮到不擅上前作戰的參加者，然而騎士可不會效忠於連一同上前作戰都辦不到的主子。這對有意謀取帝位者將是致命打擊。

既然志在稱帝，就算沒辦法上陣作戰，至少也要懷有與將士站在同一陣線的氣概才行——皇帝言下之意應該就是如此。展現不出那種氣概的話，恐怕就沒有資格謀取帝位了。

「皇帝陛下，慶典之事我明白了，但我有一項疑問想請教。」

「你有什麼疑問，戈頓？」

「獲勝之際，請問能得到些什麼？小家子氣的獎賞可無法讓我提起勁。」

「嗯，說得也對。你想要什麼？」

「當然是皇太子之位啦。」

戈頓毫不慚愧地告訴父皇。

珊翠菈瞪戈頓的眼神透露出如果目光能殺人，她巴不得就這樣把對方幹掉；埃里格表面上顯得冷靜，內心應該也在焦躁。

「你是個老實的傢伙。那好，看在你老實的分上，為父的也直話直說吧。皇太子之位不能用這種慶典來決定交給誰。」

「當然嘛，要是用這種慶典來決定皇太子，會受到外邦諸國取笑喲。」

「妳說得對，珊翠菈。然而，總不能毫無獎賞。所以呢，為父的決定了。我想將優勝者任命為全權大使，至於要派往哪個國家，得看今後外邦諸國的動向。」

眾人倒抽一口氣。若是由皇子或皇女擔任全權大使，起碼在派任的國家就會認為該名皇子或皇女是有力的繼承者人選，而且被派駐者還能跟派任的國家牽上線。

對爭奪帝位者來說，應該搶破頭也會想拿到那個位置。

甜頭最少的固然是外務大臣埃里格，不過他還是會想要全權大使的地位才對，何況身為外務大臣卻被其他人選搶走外交場地，他的自尊與名聲都將受損。

既然有損失，埃里格也會認真以赴吧。

近衛騎士無論被分配到誰麾下，應該都會拿出真本事，如此一來，戰果端看皇子皇女的指揮手腕。

事情似乎麻煩了。我如此心想，一邊琢磨起要讓李奧奪冠的計策。

2

「事情變棘手了啊。」

「真是。這次活動，對我們來說可是危機。」

隔天早上，我立刻把瑟帕和菲妮找到房裡召開作戰會議。

瑟帕敢情已經明白事態嚴重。

「您說危機？我倒以為這是好機會……畢竟騎士是由陛下公平分配，而李奧大人有多優秀，艾諾大人不是最明白的嗎？」

「唉……」

「您、您剛才嘆氣是瞧不起我對不對！再怎樣我也聽得出來！」

我只好對大呼小叫的菲妮展開說明。

實際上，菲妮的想法沒有錯。有一半是對的。

「這次活動固然是個機會，同時卻也是危機。機會在於李奧有可能成為全權大使；危機在於另外三個對手成為全權大使的話，我們好不容易追上的背影將會遠去。雖然說我們是第四勢力，仍然遠遠不及其他三人。三人當中就算有誰成為全權大使，另外兩人勉強還能緊追不捨，但我們可沒有那等實力。除非發生重大變故，否則我們應該就從帝位之爭出局啦。」

「是、是這樣嗎！不、不好了！要趕快想辦法才可以！」

哇哇叫的菲妮發慌了，還從椅子上起身在房間裡走來走去。

而我先把她擱一邊，朝瑟帕問道：

「瑟帕，收集到情報了嗎？」

「斬獲不多。騎士團似乎也是昨天才得知此事。拿主意的大概只有皇帝陛下與身邊幾位心腹而已。」

「這樣要玩小花招就越發困難了。勝敗之數全看繼承人選的實力和運氣嗎……」

能否遇見稀有怪物，這真的得碰運氣。

再怎麼有實力，沒機會發揮也就不具意義。

「還有另一條情報。照騎士團推斷，舉辦地點似乎是在帝國東部。」

「東部？那是為什麼？」

「因為東部似乎是怪物災情最為嚴重，而且冒險者來不及討伐的區域。此外，據說騎士隊有被派往其他區域，唯獨東部未予支援。」

「刻意留下東部當成舉辦慶典的地點嗎？父皇確實有可能那麼做。」

總不能在帝國全土狩獵怪物，我也料想過應該會侷限於某地，中選的是東部啊。以遭受怪物災情的區域為中心舉行慶典，就能靠觀光遊客一類的人流熱鬧繁榮，復興也會變得容易。說起來很符合父皇的作風。

「流程上，眾騎士將在東部進行長達數日的狩獵，以怪物的強度及討伐數來競爭。最後似乎是由皇帝陛下決定優勝者。據說消息已經傳開，商人正開始往東部流動。」

「畢竟是做生意的好機會嘛，商人不會錯過才對。這樣也能擴增慶典的規模……應該也會有高官權貴從各地過來參觀，事情可棘手嘍。」

「艾、艾諾大人！我想到策略了！」

「說來聽聽吧。」

菲妮「啪」地拍掌然後舉起手，向我表示想發言。

儘管沒辦法期待，不聽也嫌可惜。菲妮只是不適合策劃謀略，然而並不笨，她也有可能想到什麼妙計。

「我認為只要由艾諾大人得第一就可以了！」

「對妳懷有一絲絲期待的我太蠢……」

「菲妮大人，艾諾特大人得佯裝無能。如果他這時突然嶄露頭角，實在不自然。」

「啊，我都忘了……不、不過，也沒有其他踏實的路了吧……？」

如菲妮所說，由我拿下第一是最踏實的。畢竟席瓦會參加慶典，其他繼承人選自不用說，就連眾騎士也不是他的對手。

然而，那麼做將讓我方失去王牌，而且李奧要即位也會變難。假如我被捧上檯面，還會導致寶貴的票源分散，無論怎麼想都是一步壞棋。

「我要想其他辦法。」

「不過，我方在這種狀態下幾乎束手無策。換成其他三位，大概都有方法將稀有怪物引誘至東部，或者預先掌握稀有怪物的位置，但我方要那麼做就缺乏人才。」

「我明白。對方必然會用那一手也是可以想見的。類似的把戲我辦得到，由我用席瓦的身分將怪物趕到東部就好。」

「不、不行！不可以那樣！」

菲妮率先對我的主意表示反對。

她的回應讓我和瑟帕露出苦笑。這女孩果然跟李奧很像。

「沒錯。那麼做的話，東部的民眾將在慶典開始前就蒙受災情，所以我們不會那麼做。李奧想必也不會認同那樣的手段。」

以個人情感來說，我絕不希望採行這套策略。本著身為冒險者的矜持，我不想那麼做。可是迫不得已的話，或許我就會動手。然而當下並非如此。假如除了李奧之外的繼承人選全都會成為暴君，那倒另當別論，但目前頂多只有關係到我、李奧以及母親的性命。再怎樣也不能只為保護自身或親人，就讓民眾受苦。

「這樣啊……太好了。」

菲妮放心似的鬆了一口氣。接著，她立刻警覺過來，向我賠罪。

「我、我又輕率發言了……！萬分抱歉！艾諾大人明明不可能那樣做的！」

「無妨啦，妳把想到的事說出來就好。畢竟妳的意見一向走在正道。」

「請問您的意思是……？」

「意思就是艾諾特皇子喜歡菲妮大人的本色。」

「哎、哎喲！」

明明話並不是我講的，菲妮卻用雙手捂住羞紅的臉。

要害羞是她的自由，但剛才那些話是瑟帕說的，絕非出自我口中。

「我可不記得自己說過喜歡她耶。」

「不然您討厭菲妮大人嗎？」

「呃，這個嘛……」

「那就代表您喜歡了。真是太好嘍，菲妮大人。」

「是啊！」

看菲妮露出滿面笑容，我也發不了脾氣。

當我心想也罷時，門板被敲響了。人來啦？

「請進。」

「不好意思，哥。有沒有打擾到你們？」

「不會，我們正在討論要怎麼做才能讓你當上全權大使。」

來訪的是李奧，後頭有瑪麗靜靜跟隨著。李奧一邊對我說的話苦笑，一邊回答：

「哥，我倒覺得應該讓你成為全權大使。」

「原來你覺得我能跟他國建立良好關係？」

「嗯，我認為可以喔。」

「多謝抬舉。不過，現實問題是憑我贏不了這場狩獵祭，只得由你出手。」

「也對……可是，我感到排斥。要跟親人對抗讓我提不起鬥志。」

「不然你要放棄嗎？」

李奧對我說的話搖搖頭。哎，假如要放棄，他一開始就會放棄了。

無論被逼到何種絕境，李奧早已下了決心。既然如此，李奧的決心便無可動搖。

「要是放棄能讓狀況好轉，我就會放棄，不過事情並非這樣啊。母親、哥還有願意追隨像我這塊料的人們，我非得一肩扛起所有人才行。倘若我沒有脫穎而出，等著所有人的恐怕不會是什麼像樣的未來。」

「你知道就好。」

三名皇兄皇姊不會留情，在最近尤其顯著。

從尚未把李奧捧上檯面的多明尼克將軍遭到暗殺，就可看出那些傢伙已經變得不擇手段了。

以往他們不是那樣的。在皇太子喪命前……不，即使在事發之後，那些傢伙仍有一段時日是具備人性的。持續已久的帝位之爭卻改變了他們三個。那些傢伙心中根本已無親情。

為了保護支持李奧的所有人，更為了帝國的全體居民著想。

沒讓李奧成為皇帝可就傷腦筋了。李奧理應也有所覺悟才對。

李奧從小就崇拜皇太子，一直將皇太子視為目標，在長兄過世之後依舊不變。既然他已下定決心，應該會以皇太子為榜樣。

正因如此，在皇子當中就屬李奧跟皇太子最為相像。可是，他並沒有皇太子那麼實際。懷著理想主義又心軟，容易流於濫情是他的弱點。之前李奧沒有投入帝位之爭正是因此所致。然而，多明尼克將軍遇害了。從這層意義來說，那些傢伙算是走錯了一步棋吧。

李奧性情敦厚，如果沒有發生那件事，或許他就無法下定決心爭奪帝位。

不過，那件事讓李奧有了決心。而李奧一旦有了決心便堅毅不屈。

「憑我一己之力是不夠的，希望你們都能幫忙。」

李奧說的話讓在場所有人點了頭。

■■■

隔天，我以席瓦的身分接了委託。

因為我接到冒險者公會的聯絡，說是有高階委託進來了。

一個月出動兩次，以往我幾乎沒有碰過這種情形。看來帝國有怪物大量出現是確有其事。

哎，話雖如此，並沒有足以讓我這個SS級冒險者感到棘手的怪物出現。出現的怪物是經過突變，從原本的黑色轉為赤紅色的地獄犬。其個體格外強悍，已有眾多挑戰的冒險者反遭毒手，更受到公會懸賞討伐。階級為ＡＡＡ，跟我以前打倒的牛頭人之王同級。

地獄犬本身稀有罕見，並非棲息於帝國的怪物，顯示這傢伙也是一路躲避冒險者而闖進了帝國境內。

別挑這種忙碌的時期誤闖帝國嘛——如此心想的我俐落地討伐了那頭地獄犬。

一擊實在無法要牠死，然而轟了三記魔法以後牠就絕命了。最後那一擊幾乎使其屍骨無存，不過獠牙還在，因此我決定把那帶回去當證明。

當我忙活於冒險者的差事時，有支馬隊從不遠處朝這裡過來。

速度相當可觀，不曉得是哪裡的馬隊。照理說，這一帶的領主應該已經接到席瓦會前往討伐地獄犬的消息……

「那邊的人聽著！剛才的爆炸可是你幹的好事？」

「是又怎樣？先報上名來如何？」

我一邊回答從背後傳來的質疑，一邊剝取獠牙，然後回頭望向馬隊。

於是我僵掉了。因為有個意想不到的人物在那裡。

「……！」

騎在馬上的是美得令人眼睛一亮的少女。

櫻色長髮搭配翡翠般的眼眸；直挺挺的背脊與毅然眼神既秀麗又讓人聯想到力道強勁的劍。我認得那個少女，她的事我熟得很。

由於這幾年我完全沒有跟她牽扯上，光聽聲音並未發現，然而看見身影後就立刻認出來了。倒不如說，在這個帝國會有櫻色頭髮搭配翡翠眼眸的貴族只有一家。

「我是隸屬近衛騎士團的第三騎士隊隊長，愛爾娜・馮・奧姆斯柏格。獲報有地獄犬出沒，我才來到此地，莫非你已經討伐牠了？」

奧姆斯柏格。鄰近諸國光是聽聞其名號就會打顫。

約五百年前，於魔王震撼全大陸之際將其誅討的勇者後代。

魔王遭到討伐後，當時的皇帝千方百計想將勇者慰留於帝國，勇者卻表示不需要公爵、侯爵或伯爵等地位，回絕了獎賞以後便準備啟程離去。皇帝因而想出一招，那就是將大陸上絕無僅有的爵位賜給勇者，好讓他留在帝國。

其名為「勇爵家」。在帝國貴族中位居頂端，而且當家之主的地位被視為比皇子還高，實質上不需對皇帝以外之人屈膝。

然而，並無任何人對這樣的待遇有怨言。因為勇爵家數百年來交出的戰果，始終配得上享有這等超乎常規的待遇，其功勞有過之而無不及。

帝國的守護者。獲此美名的「奧姆斯柏格勇爵家」將交由這名嫡女，也就是愛爾娜承嗣。

另外，她在小時候曾幫助過被霸凌的我，還數落我是懦夫、膽小鬼，並對我施以斯巴達訓練，從此成了我心中陰影揮之不去的天敵。說穿了，像她那樣對我才叫霸凌。

內心蒙受的陰影使我後退一步，沒辦法立刻出聲講話。不過我想到現在有銀面具遮著真面目以後便打起精神。

沒錯，現在的我是席瓦，而非艾諾特。

縱使碰上愛爾娜也不足為懼！

「妳看了還不明白？勇爵家千金的眼力似乎不太好啊。」

「你說什麼……？」

啊……

糟、糟糕了～～！

長年積怨讓我忍不住用了挑釁的口氣！

不、不妙！

「從裝扮來看，莫非你就是ＳＳ級冒險者席瓦？只是小有活躍似乎就讓你頗為自滿呢。」

愛爾娜嫣然一笑。

但是我曉得。愛爾娜常邊笑邊動怒，那是她在生氣的笑容。

慘、慘了……跟愛爾娜挑起事端根本沒有好處。這下只好巧妙地蒙混過去……

「你一直坐鎮於帝都，最近似乎還被稱作帝都的守護者對吧？那就是你的用意？莫非你想對我們奧姆斯柏格家下戰帖？」

「帝都的守護者只是民眾隨口講講罷了，我並沒有自封名號。何況我對帝國的守護者這個外號也沒有興趣，妳放心吧。」

很、很好。這、這樣如何呢？

向她主張我沒有敵對的意思……

「莫非你想說，我們奧姆斯柏格家就是拘泥於小小的外號？或者你根本不放在眼裡？無論是前者或後者，剛才那些話都是在挑釁吧？」

啊～～！

沒救了啦！第一印象太過惡劣，不管講什麼都會被她往負面解讀！愛爾娜的性子本來就超級不服輸，一旦被人找碴就會狠狠教訓對方，要到完全勝利才肯罷休。

唔！既然這樣！

我就一雪長年來的積怨吧，反正好像也不可能跟她打好關係了。

橫了心的我對愛爾娜嗤之以鼻。

「呵，妳似乎非常介意我的存在。看來勇爵家對名聲甚為重視，居然連他人獲得稱讚都無法容忍，這樣可就小心眼了。」

「啥?你這傢伙!不許對我家無禮!」

「無禮的不是閣下嗎?我接受公會發的委託，討伐了這頭怪物。然而從剛才那些話聽起來，彷彿我沒有討伐這頭怪物，妳就打算自行討伐。那顯然是在對冒險者公會挑釁，不是嗎？」

「才不是那樣!我只是為民眾著想!」

「隊長，懇請您讓步。雖然說情報傳遞有誤，既然冒險者公會發出了委託，過錯便在我方。何況我們還得趕往帝都。」

「唔……!席瓦!你給我記住!保護帝國的是我們勇爵家，還有眾騎士與士兵們!絕對不是冒險者!」

「我姑且記著。或許馬上會忘掉就是了。」

「你……!」

眼見幾近暴怒的愛爾娜離去，我心想這下搞砸了，同時卻也因為長年的積怨得以發洩，心情非常暢快。

愛爾娜十一歲就加入了近衛騎士團，是天才中的天才。重要任務多會交派給她，因此她成為騎士以後，我們就幾乎沒有見過面了。偶爾遇上也都缺乏空閒，沒真的說上幾句話。

然而，我成功玩弄了愛爾娜。哎呀～～舒服！我很能理解被霸凌者向霸凌者報復的心情。

「總歸是招惹了不必要的敵人……」

我到底在搞什麼啊……

這下子奧姆斯柏格勇爵家要是與我們為敵，就完全是我害的了……

「頭大嘍……」

總之我一邊搔頭一邊踏上歸途。

3

回到帝都後過了幾天。

當許多人正忙著準備慶典時，命運之日到了。

「瑟帕，你覺得派來的會是誰？」

「肯定是地位高貴的隊長吧。」

我在城堡的房間裡等待著客人。

今天，皇帝的兒女們將可以得知自己分配到哪一支騎士隊。方式簡單明瞭，該騎士隊的隊長會來房間拜訪。

近衛騎士團的騎士隊各有編號，還具備數字越小越屬於菁英的傾向。尤其前三隊都是由實力高強的隊長率領。為求戰力均等，扶不起的繼承人選應該會分到名列前茅的部隊吧。

「千萬別派愛爾娜過來……」

「您又說這種話……她可是十一歲加入近衛騎士團，十四歲就成為隊長的奧姆斯柏格勇爵家神童喔。手氣之旺莫過於此，不是嗎？」

「單以實力來講，是沒錯啦。可是我受不了她的為人。」

「據傳她品行端正，更是將來的近衛騎士團長啊。」

「她只看表面的話就不錯啦。民眾和那些近衛騎士都沒有發覺她的本性。我忘都忘不掉跟那女的認識的過程，那是在七歲的時候。你曉得那女的救了被霸凌的我以後，說過什麼話嗎？」

「不清楚呢，請問她是怎麼說的？」

「她罵我『懦夫』耶。這種話是說給遭受霸凌而傷心的小孩聽的嗎？後來，她還打著鍛鍊的名義逼我拿起木劍。於是被愛爾娜單方面修理的我，從那天起要出去玩都得被迫躲著她了。她在我心中留下了陰影耶！任誰聽了這段往事都會覺得過分吧！那女的是個跟惡魔一樣的女人！」

我激動地向瑟帕說明，他卻只是傻眼似的聳聳肩。

混帳！為什麼我的想法沒能傳達出去！

正當我感到焦慮時，門突然開了。

而在門外——

「你說誰是跟惡魔一樣的女人？」

有面露笑容的惡魔（愛爾娜）。

目睹她的身影，我頓時臉孔緊繃。隨後——

「瑟帕！找騎士過來！有惡魔出現了！」

「很遺憾，怕是沒有人會過來了。畢竟現場就有最頂尖的騎士。」

「瑟帕很識時務嘛。艾諾特・雷克思・阿德勒皇子殿下，隸屬近衛騎士團的第三騎士隊隊長，愛爾娜・馮・奧姆斯柏格在此拜見。儘管已有幾年未曾謀面，看來你都沒變呢。」

「嘖……！妳是在挖苦我嗎？」

「是啊，當然了。你似乎在帝都廣受歡迎喔？還被稱為廢渣皇子，可親可敬呢。」

「對啦，託妳的福，我過得可開心了。」

我們對彼此笑了一笑。

就算幾年沒見，我們仍是青梅竹馬。縱使身為皇子和勇爵家嫡女，我們在這方面都懂得彼此有什麼脾氣。

互相用笑容周旋了一陣子以後，我主動板起臉。

「妳來做什麼？我可不記得有召見妳。」

「我來了就代表事情已成定局啦，你不懂嗎？」

「我不信……」

「沒禮貌。艾諾，我好不容易才爭取到的耶，求皇帝陛下答應讓我跟你搭檔。」

「妳別多事啦！這樣會害我被皇兄或皇姊盯上！」

「何必介意他們呢，你並沒有要爭帝位吧？」

「問題不在那裡！真是夠了！為什麼妳從以前就老是這樣？」

我明白愛爾娜是為了我好才這麼做，可是那跟我追求的利益並不一致。

以這次的情況而言，要央求父皇的話，我會希望愛爾娜到李奧麾下。唉，即使她說

要投靠到李奧麾下，能否如願倒也難講。

起碼愛爾娜來到我麾下之後，我就被迫從龍套角色躋身為奪冠人選了。這樣的話，我將更難施展。愛爾娜自然會受到矚目，要暗施手段幾乎可說無望。

讓她跑去別人的陣營固然頭痛，來我這裡卻會頭痛加三級。愛爾娜就是這等人物。問題不只在投緣與否，我是真的不希望她來。

「我會助你獲得優勝，讓那些叫你廢渣皇子的人大吃一驚吧！」

「我並沒有要追求那種榮譽……」

「不可以喔。照你這樣可不行。畢竟我已經向陛下宣言過，要讓艾諾力圖振作了。所以我們接下來要特訓！我先看看你的馬術練到什麼程度了。走吧，我們到修練場。」

「……瑟帕，我的頭開始疼了。或許病得不輕……」

「那可不得了啊。您得的是名為裝病的重大心疾，鍛鍊過身心或許便能痊癒。」

我怨怨地瞪向瑟帕，他卻不理不睬。

離騎士狩獵祭已經沒幾天了。明明只鍛鍊幾天也改變不了什麼。

我如此心想，就這樣被人死拖活拉帶到了修練場。

■■■

「！好痛……」

「對、對不起！我塗抹的力道會放得更輕。」

隔天。

菲妮正在幫肌肉痠痛而臥床動彈不得的我抹藥。總之我這塊背慘了，感覺緊繃到完全動不了。

這全是愛爾娜徹頭徹尾地操練了一番我的馬術所致。我都不記得自己上次騎馬使槍揮劍是什麼時候的事了。有夠吃力。我好幾次摔下馬，每回都撞到背脊。

天天持續這樣操會死人的啦。

「艾諾特大人，我向愛爾娜大人轉達了您的意思，她表示今天可以從下午再開始鍛鍊。」

「難道她的辭典裡沒有休養這個詞嗎……」

「不愧是人稱勇者再世的貴人呢。可是，艾諾大人……不對，席瓦大人的實力不是也足以跟她並駕齊驅嗎？馬術方面同樣需要靠演技示弱？」

「這是因為艾諾特大人只專精古代魔法，基礎體能則在常人以下。馬術、劍術、現代魔法，每一項他都偷懶不練，因此並沒有多了不起的能耐，菲妮大人。」

「是這樣啊？我還以為冒險者全都體力過人呢。」
「大多數的人是那樣沒錯……不過，我會用古代魔法彌補低落的體能，再說我本來就沒有從事什麼能培養體力的活動。」
「之前出遠門沒有用上瞬移魔法，也是因為艾諾特大人睽違許久沒有參訪克萊納特公爵領。他在長程旅途中一直都是靠古代魔法強化體能。這代表不用古代魔法的話，他就如愛爾娜大人所言，是個不折不扣的『懦夫』。」
我連反駁瑟帕的毒舌都沒有力氣。
依舊趴在床上的我嘆息。
不過，瑟帕用較為開朗的語氣問了這樣的我。
「事有一體兩面。即使苦了您，對李奧納多大人來說就成了好機會吧。」
「也對啦……」
「咦？請問那是什麼意思？」
菲妮露出不解的模樣，我便決定向她簡單做個說明。
話雖如此，也不必透露太多。
「愛爾娜堪稱最強的騎士，所以就算抽中愛爾娜當搭檔的我拿了優勝，也沒有任何人會覺得那是我的實力。」

「正是這般。如菲妮小姐之前提到的，假如李奧納多大人無法奪冠，由艾諾特大人奪冠就是最踏實的辦法。照原本的條件，艾諾特大人突然拿下優勝會顯得不自然……但現在最強的一張牌已經發到我方陣營了。」

「原來如此！表示艾諾大人可以認真出賽嘍！」

「哎，要是我什麼都不做，愛爾娜八成會任意行動，感覺光靠她也有希望奪冠就是了。愛爾娜的實力就是足足高出了那麼一截。只要我不扯後腿，幾乎等於勝券在握。」

「皇帝陛下也是因為這樣，才將愛爾娜大人派給艾諾特大人的吧，算準了艾諾特大人會扯後腿。」

「結果竟然讓帝國最強騎士和帝國最強冒險者組成了搭檔，皇帝陛下應該想都想不到吧！」

菲妮講得滿心歡喜，而我對她感到傻眼，並且穿上外衣起身。

離騎士狩獵祭還有幾天。能施手段就要先布局才行。

「最糟的情況下還是可以由我奪冠，不把全權大使的位子讓給別人。不過，最理想的狀況是由李奧拿到優勝。」

「請問是為什麼呢？即使由艾諾大人成為全權大使，並且在外國建立人脈，結果那些資源依然會歸李奧大人所有，不是嗎？」

「就算那樣，讓李奧獲選為全權大使還是比較好。畢竟有眾多權貴會來觀摩。」

「儘管您講得頭頭是道，該不會只是嫌全權大使之職麻煩吧？」

心驚的我忍不住肩膀一聳。

被說中的反應讓瑟帕為之嘆息，連菲妮都接話了。

「艾諾大人……您也不用對李奧大人如此謙讓啊。」

「嗯？謙讓？」

「我明白。您是為了李奧大人著想才說那種話，以便將大使之位讓給他。」

「唉……菲妮大人，妳似乎有所誤會，在妳面前的這位皇子可是生性怕麻煩喔。」

「瞞不過妳嗎……菲妮，這是我從以前養成的毛病。無論有任何機會，我都想要讓給李奧，比方說帝位或要職。」

「果然沒錯！您身為兄長，有這樣的情操固然高尚，但是謙讓過度就不好了。我想李奧大人也會感到難過。」

我運用菲妮的誤解來躲過瑟帕的叨唸。

瑟帕看我把菲妮唬住了，就板起臉孔。

「欺騙女性讓人難以苟同。」

「我沒有騙她，只是讓她有誤解。」

「您可真會說話。這樣又會惹愛爾娜大人生氣喔。」

「她是成了我母親嗎……」

「好羨慕艾諾大人有個設身處地為您著想的青梅竹馬。因為我小時候並沒有那樣的玩伴。」

「只會給自己添麻煩啦。那女的最愛沒事找事做。」

「哎呀？什麼叫沒事找事做呢？」

有聲音劈頭而來。

猛一看，愛爾娜就站在門旁。

她臉上掛著笑容，我卻覺得處處都有暴跳的青筋浮現。

我頓時輸給深植內心的恐懼，將視線轉開，然而她遲遲沒有要離去的跡象，我只好不甘不願地開口：

「沒人找妳還自己跑來，妳不覺得就是沒事找事做嗎……？」

「沒禮貌。因為有某個人說肌肉痠痛得動不了，我才拿藥膏來的啊。」

「我已經請比妳溫柔一百倍的人幫忙塗藥，所以沒事了啦。」

「哎呀？莫非是旁邊那位蒼鷗姬？」

「啊，是的。初次與您見面，我的名字是菲妮．馮．克萊納特。」

「我叫愛爾娜・馮・奧姆斯柏格。在李奧的房間也就罷了，沒想到會在艾諾的房間遇見妳。」

愛爾娜說著就朝菲妮露出溫和的笑容。

跟她擺給我看的笑容性質不一樣。那是塑造形象的笑容。

「艾諾，我總覺得自己被愚弄了耶。」

「是妳多慮了。」

「希望如此。那麼，我們走吧。」

愛爾娜說著便從床上一把揪起我的頸子。

我對突然發生的狀況感到困惑，反觀愛爾娜則是帶著一如往常的笑容說明。

「你自己說過沒事了吧？那就跟我去鍛鍊。」

「啥！沒事並不是那個意思！啊！好痛！住手啦～～！我是傷患耶！」

「肌肉痠痛不能算傷勢喔。你要多運動讓痠痛好起來。」

愛爾娜講完以後，我就跟昨天一樣被她死拖活拉地帶去鍛鍊了。

4

夜晚。

前往城堡地下的我伸手湊向別無異樣的牆壁。於是那道牆迸出發光的紋路，牆面打開了。

我對這樣的現象毫不訝異，並且走進其中。

裡頭有道階梯，一路通往底下。沿著前進就看見了木門。

打開門以後，等著我的是一間整齊的書齋。

書齋裡擺著無數陳舊的書本，明明沒有任何人打理，蠟燭卻始終點著火。

使用這房間的人是個懶鬼，因此施了能讓燈火恆亮的魔法。

「你居然還在研究魔法，令人欽佩呢，爺爺。」

「何奈魔導之精髓經過再多年也無法窮究。」

朝我這麼答話的是個極為嬌小的老人，而且呈半透明。

他坐在桌上，一臉開心地讀著書，翻頁時會靈巧地運用魔法。

從這副模樣大概沒辦法想像，以往他可是皇帝。

「明明魔導研究到最後就被封印在書本裡了，虧爺爺還能繼續。市井間都管你叫亂帝耶。」

「是老夫不慎，竟被惡魔奪走軀體。實在是疏忽至極。」
說這些話的老人名叫古斯塔夫・雷克思・阿德勒。
這個人論輩分是我的曾祖父，更是距今兩任前的皇帝。
如外表所見，他對研究魔法沉迷到無法自拔，甚至不惜建造這間密室做研究。
那使得他被封印於書本的惡魔占據了身體，而惡魔為害帝都，導致歷史上留下了他研究古代魔法到最後失心狂亂的記載。
皇帝所用的古代魔法就是因為這樣才成為禁忌。
然而時光流轉，他遇見了我，還成了傳授我古代魔法的師父。
現在他只有精神寄宿於書裡頭，並不具備實體。目前可見的是意念體。
書的封印本身在我翻開時就已經解除了，但他似乎沒有取得實體的意願。能像這樣優遊自在地研究魔法好像讓他感到很幸福。
「爺爺真悠哉耶，受不了。明明是你害我非得隱瞞自己會用古代魔法的耶。」
「你應該反過來想。不就是因為老夫被封印於此，你才能學到古代魔法？老夫珍藏的銀面具也有派上用場吧？」
「哎，多多少少啦。」
「我這曾孫對人謝意不足啊。」

爺爺說歸說，眼睛還是離不開書本。

徜徉於魔法相關典籍的書海，自己創出了魔法或新的理論就著手寫下。這位爺爺一直都是像這樣待在這裡。

實際上，他本人對此感到滿足，我也就無意多做打擾。

而我還是來到了這裡，當中自有理由。

對方似乎也明白這一點。

「你有事找老夫商量對吧？但說無妨，用不著顧忌。」

「……我弟被捲入帝位之爭了。」

「若是天資優秀，遲早要被捲入。帝位之爭便是如此。」

「可見果然是經由人為……才讓他被捲入的嗎？」

「換作老夫就會那樣布局。假使有政敵，就可公然收拾。」

我一直在思考這件事。

老將軍遇害使我們被迫二選一。可是，縱使老將軍有意擁戴李奧，對三名皇兄皇姊來說應該仍不至於構成威脅。即使如此，對方卻早早就訴諸了暗殺這項手段。

要提防李奧固然也是原因，但真正的用意果然是要讓李奧成為政敵，才有藉口收拾他吧。

「我還有一個問題。」
在這裡的是先帝。
換句話說，他是帝位之爭的贏家。既然身為克服萬般計謀的先人，應該就能回答我的疑問。如此心想的我開了口，爺爺卻搶先講出了答案。
「倘若老夫是次男或三男，就會暗殺皇太子。答案便是如此。」
「……可是我還沒有發問耶。」
「要談帝位之爭，想必你遲早會問到。老夫雖是長兄，也曾數度遭遇暗殺的危機。要讓老夫來講，過錯在於被暗殺的長兄。最有希望繼位的人選一旦遇害，等在後頭的就是泥沼之爭。」
「父皇調查以後，也沒有查出戰死以外的結果喔。」
「不知是手段極其巧妙，還是皇帝的親信牽涉在內，抑或者……皇帝本身就牽涉在內。無論真相為何，原本於帝位之爭獨占鰲頭的皇太子會戰死沙場都是古怪之事。假若你弟弟上陣作戰，你拚一口氣也會保住他的命吧？」
「當然了。」
「那便是答案。許多人應當都有那樣的念頭，如果那樣還是保不住皇太子，自可窺見陰謀的影子。從過往爭奪帝位的歷史來看，亦非稀事。」

這位爺爺所講的話真讓人心情憂鬱。

可是卻有說服力。

而且他推敲的要是無一不準，往後發生任何狀況，全都必須當成有陰謀才行。

換句話說，騎士狩獵祭同樣有鬼。

「有沒有操控怪物的魔法啊，爺爺？」

「要聊魔法嗎？善哉！你儘管多問無妨！」

只見爺爺忽然朝我轉過來，我便嘆了口氣。

或許是因為這個人滿腦子只在乎魔法，他只對魔法的話題有興趣。

身為徒弟又身為曾孫的我找他商量大事，優先程度也還是不如魔法，可見這個人果真已經發癲了吧。

「這陣子，帝國內的怪物開始變多了，當中也零星可見稀有的強大怪物。我在想會不會有人在操控著這些怪物。」

「嗯……要操控幾頭怪物是可以用魔法辦到，然而並沒有魔法能涵括如此廣闊的範圍。」

「這樣啊……到底是我想太多嗎……」

本來還以為是魔法的話，會跟第二皇女珊翠菈有關係，但既然爺爺說沒有，應該就沒有吧。

如此一來，表示怪物出沒是基於偶然嗎？

「哎，雖然那樣的魔法並不存在，道具倒是有。」

「道具？」

「古代的魔導具，可以發出怪物喜好的音色，將怪物引誘出來。依據使用者的魔力，應能引誘到範圍相當廣的怪物。」

「有那種玩意兒？」

「文獻記載上有啊。記得那是名叫『哈梅倫』的笛子。魔力充沛者若用得巧妙，要讓怪物在帝國各地出沒也是可行的。」

虧古人研發得出這種既方便又礙事的玩意兒。

在魔法比現今更發達的時代，把那應用得比現代更為出色的魔導具比比皆是。那類物品可以從遺跡發掘到，還會被各國奉為國寶，卻也會在意想不到的時刻出現於世上。

「有那種玩意兒啊……其實騎士狩獵祭要召開了，以皇族率領騎士行獵的形式。」

「哦？當代的皇帝實在莫名有意思啊。獎賞為何？」

「擔任全權大使。以狀況而言，我們不能輸。可是，萬一那支笛子在敵方的手上就沒有勝算了……」

「也對。那支笛子可以任意引誘怪物到定點。除非笨到不懂得善用，否則持有者就該奪冠才是。然而，換成老夫就不會玩那種愚昧的把戲。」

爺爺說著予以斷言。

我也同意他的話。我一樣不會玩那種笨把戲。

乍看是個好法子，其實那是只顧眼前利益的做法。

三名皇兄皇姊中萬一有人使用那項魔導具，我自然不用說，另外兩人都會追究到底。雖說要爭奪帝位，做出對帝國本身不利的行為仍無法脫罪。就算當事人堅稱不知情不曉得，其勢力肯定還是會大受打擊。

我不認為那三人會特意下這樣的賭注。換句話說——

「暗地裡搞鬼的人，跟帝位之爭的主流派並非同一路嗎？」

「該是如此沒錯。先不論暗地搞鬼之人是否跟主流派有所勾結，既然敢冒著把怪物招來國內的風險，光是全權大使的位子也滿足不了該人才對。」

「……又多了一件麻煩事呢。」

沒想到不只要提防上頭，還得留意底下。

問題變得不是單純拿到優勝就好，還必須探出暗地搞鬼之人。

或許這場騎士狩獵祭並不能當成只為爭奪全權大使位子的慶典。

「那支叫哈梅倫的笛子有沒有辦法防範？」
「頂多只能銷毀才對。既然它發出的音波唯有怪物能聽見，要防範便有困難。」
「代表認真在騎士狩獵祭表現只是白費力氣？」
「沒錯。不過，這在對方來說應該也一樣。騎士狩獵祭是否會舉辦，可不是對方能夠預判的事。換句話說，在騎士狩獵祭召開之前，對方就已打算利用怪物搞鬼了。慶典背後另有玄機，你要當心。」
收到如此的建議以後，我便離開了房間。

■■■

回房途中。
我感覺到背後有動靜。儘管我想回頭，卻被男性嗓音制止了。
「別動。」
「……明知我是艾諾特．雷克思．阿德勒還這麼說？」
「當然。」
背後的男子說完便錚然拔出短劍。

沒想到這麼快就會有人行動。

「我不會殺你，但是會要你臥床一陣子。」

「我總不能任人擺布吧。」

我緩緩地回頭。

在我渾身都是破綻的這段期間，男子完全沒動。

回頭望見的是個身穿黑衣的男子。典型的暗殺者。然而，他接到的命令似乎不是行刺。唉，任誰都不會做得那麼露骨吧。

「你、你做了什麼……！」

「我用結界制住你的行動了。為了確實避免錯手殺了我，刻意先出聲反而成了你的敗筆。」

他肯定是老練的暗殺者。

畢竟他入侵了警備森嚴的城堡。然而，就算是如此高明的暗殺者，要確實讓人暈厥卻又傷不致死也有困難。

所以他為了攔住我而出聲示意。這就給了我設結界的時間。

哎，就算他沒那麼做，我的周圍也事先設下了探測用的結界，所以沒有讓暗殺者近身的餘地就是了。

大半夜的還毫無防備地到處走動，找死也不是這樣嘛。
「嘖……！原來你不是無能的皇子！」
「好啦，冷靜點。總之先給我回答問題。你能進來城裡，可見有人居中引路吧？那人是誰？」
「哼！別把我看扁！與其招出委託人的名字，我寧願死！」
「你不否定啊。ＯＫ，我大致理出頭緒了。」
「！」
能對城裡警備造成影響的只有三名皇兄皇姊。
其他人想為暗殺者引路就必須大費周章。難以想像會是那樣。畢竟襲擊我的理由只有愛爾娜。
「我抽中了愛爾娜當搭檔，應該是為了不讓我參加騎士狩獵祭才派人襲擊吧，不過手法也實在太粗糙了。我當然有所準備。」
「呵……這對我方來說也一樣！動手！」
對方說完的同時，我身後就有人無聲無息地出現了。
現身的是瑟帕。
「對方似乎是以四人為一組行動。另外三人我已經令他們昏厥了，艾諾特大人。」

「辛苦你啦，瑟帕。」

「什……麼……？」

「難不成你以為我會讓艾諾特大人獨自走動？遭人看輕了呢。」

「唔……！」

「接下來……我要你吐實。你們受了誰的委託？」

我一邊在四周設下隔音結界，一邊用幻術投射出對方最為畏懼的景象。我看不見那幕景象，對方卻清晰地收在眼底。

而且意外的是光靠這樣就弄清楚委託者了。

「噫～～！饒、饒命啊！求求您饒命～～！珊翠菈大人～～！我、我沒有說出去！我什麼都沒有說！」

「哦……是珊翠菈培育出來的暗殺者啊。看來她管教得還真嚴厲。」

「以恐懼束縛人心，看得出是那一位的作風。請問要如何處置？」

「把這傢伙抓去治罪也打擊不了珊翠菈。然而，殺掉的話要善後又嫌麻煩。先找個地方把人藏起來，或許之後用得上。」

「遵命。」

我側眼看了至今仍陷於幻術而一直望著珊翠菈的男子，並且折返。

選擇此刻出手，顯示珊翠菈在怪物這方面是清白的。正因為她想靠騎士狩獵祭拿下全權大使的位子，才會想除掉我。既然會這樣動用全力，應該就不是誘來怪物的黑手。

「那麼，是誰籌劃的呢？」

我留下這句話以後便回到自己的房間。

5

帝國東部最大的都市，基爾。

被安排為騎士狩獵祭重心的該地從未如此熱鬧。

今天是前夜祭，正式召開在明天。然而商人絞盡腦汁，已經在基爾擺出了五花八門的攤子。剛才晃了晃，我就發現有人在賣見所未見的奇特玩意兒。

我買了當中的幾項，一邊吃一邊等人。

所謂的相約碰面。

「讓您久等了！」

伴隨活潑嗓音來到的人，是身穿白色樸素洋裝的菲妮。

那是我在帝都買給她的洋裝。有別於平時的部分不只這樣。

菲妮戴了銀色的眼鏡。那副眼鏡是我從爺爺的收藏品中搜刮來的。

以效果來說好比輕微的幻術。對菲妮不熟悉的人，目前只會把她看成平凡無奇的少女。儘管對熟識菲妮的人或老練的魔導師並不管用，不過在街上走動靠這副眼鏡就夠應付了。

「我沒等多久啦。妳來這裡的途中，沒有被別人認出來吧？」

「是啊！請問您覺得怎麼樣呢？這副眼鏡，適不適合我呢？」

菲妮扶了扶眼鏡露出微笑。

大概是眼鏡的關係吧，菲妮今天給我的印象跟平時不同。

能讓人看起來既知性又深謀遠慮，眼鏡真猛。

平時笑容可掬的菲妮在我眼中不曾有成熟氣息。這並非壞事，但是看了菲妮戴眼鏡的模樣，連不吃那一套的人也會感到中意吧。

她本來就是個美女，看起來卻更顯成熟了。

雖然大部分的人都看不出來。

帝國第一美女戴眼鏡的模樣由我獨占——我一邊沉浸於有點傻氣的優越感，一邊邀菲妮：那我們走吧。

「今天我們要盡情地玩喔！艾諾大人！」

「好啊，說得對。」

菲妮或許是怕我勞心過度，才像這樣約了我到外頭玩。

帝位之爭鬥得正烈，接下來有重要的狩獵祭。當下固然是該打拚的時候，不過坦白講，能做的我都已經做了。

剩下的得看當天局面。

所以我答應了菲妮的邀約。

畢竟她似乎在擔心，我要是拒絕也過意不去。

「那麼，接下來我們就去逛攤位吧。」

「好的！我們要統統吃一遍！」

「我想那大概有困難耶。」

「我們行的！」

我可以輕易想像菲妮一下子就吃撐的模樣，她卻堅稱逛得完。

即使戴了眼鏡，本質仍舊不變。

性情開朗，又顯得少根筋的千金小姐。

正因為如此，有她在身邊就會覺得放鬆。

「不然我們努力拚看看吧。」

「是的！」

我帶著笑得開心的菲妮逛起攤子。

■■■

「唔唔～～……肚子好飽～～……」

該說果不其然，或者正如所料呢？

菲妮很快就來到位於城鎮一隅的廣場休息了。

我把飲料遞給她，並且苦笑。

「如果想統統吃一遍，妳各嚐一點就好了嘛。」

「吃剩留下來會對不起那些人的手藝啊……」

「聽不出這是公爵家千金的台詞。」

基本上從她樂於品嚐攤販小吃這一點來看，觀念就跟普通千金小姐不同了，而且她也不排斥邊走邊吃。

根據菲妮本人的說法，在慶典時逛攤子似乎是她一直以來的夢想。哎，公爵家屬於統治廣闊公爵領的領主，在領內地位最高。

他們處於召開慶典的立場，應該無法在活動中玩樂。

帝都有慶典的時候，我倒是每次都會溜去玩。

「嗚嗚嗚……逛攤販讓我憧憬了好久……」

「之後再逛就可以啦。即使吃不下東西，光用看的也滿有樂趣喔。」

「原來還有那種遊賞的方式！」

「當然有啊。總之妳休息片刻再走吧。走路應該也能讓肚子空出來一點。」

「好的……不過我沒辦法立刻走動……」

明明菲妮吃得也沒有那麼多，卻已經陷入走不動的狀態。

原本就體型嬌小，食量也不算大的她，還真敢把統統吃一遍當成目標。

菲妮對慶典正是如此期待吧。總覺得玩得開心的並不是我，她還比較樂在其中，不過也罷。

看菲妮玩得開心也不錯。

當我們像這樣在廣場悠哉休息時，我看見有熟面孔在走動。

與其稱為熟面孔，不如說天天都會看到。

畢竟我們有相同的臉孔。

「是李奧……還有瑪麗啊。」

「李奧大人來這裡會有什麼事呢？就他們兩位？」

「他又不是帶女人出來約會的料子，八成又是在工作吧。」

李奧的勤勉程度教人咂嘴。

彷彿在佐證我的料想，李奧身邊有幾名騎士。

那傢伙愛工作的毛病也讓我頭痛。昨天他應該才到處參訪過村莊，不曉得這次又在埋頭忙些什麼。

或許該說我們到底是雙胞胎吧，李奧毫無預警地朝我這裡回頭了。

「哥？還有菲妮小姐。」

「嗨。」

李奧認出了我跟菲妮的身影，就跟瑪麗一起來到我們這邊。

從瑪麗守在李奧一步之後還默默追隨的模樣來看，應該可說是女僕的典範吧。希望我們家那個成天叨念的管家也能學學她。

「嗨，哥、菲妮小姐。你們倆出來約會？」

「是的，我們在約會！」

菲妮如此宣言，李奧卻在苦笑。

他應該也曉得沒有那回事。
「在你看來像嗎？」
「不好說耶。」
「啊唔……真是令人衝擊……」
菲妮沮喪地垂下肩膀。
她就那麼想跟我約會嗎？
哎，畢竟菲妮知道我是席瓦。
「先不談我們了。你那邊在埋頭忙什麼？」
「好像到處都有點竊盜的問題發生。」
「竊盜？」
有宵小這麼夠膽啊。
父皇尚未抵達，但是這場慶典是皇帝召開的。由皇族以及近衛騎士擔任主角，居然有人敢在這種慶典的前夜祭犯罪生事。
形同在皇帝頭上動土。
「偷些什麼？」
「據說是貴金屬喔。所以菲妮小姐最好也要當心。」

「咦？您說我嗎？啊！」

菲妮說著就摸了摸自己頭上戴的藍色海鷗髮飾。

基本上菲妮不會卸下父皇所賜的那只髮飾。應該說，她不能卸下。畢竟是皇帝送她的禮物，盡可能佩戴在身上才妥當，尤其她多有機會跟我和李奧這樣的皇子相處。

話雖如此，既然喬裝過，我倒覺得至少今天卸下來也是可以。

「要回去一趟將髮飾收起來嗎？」

「怎、怎麼好意思呢……畢竟還要多花時間，即使不提這是皇帝陛下所賜之物，我還是相當喜愛……」

「哎，妳覺得無妨就好。」

「……艾諾大人擔心的話，我會拿下來隨身攜帶的。」

菲妮說著就不甘不願地卸下髮飾。

當我們談起這些時，我察覺到詭異的動靜。

我設在周圍的結界有異物入侵。

來者並非人類。往下一看，有隻看似白鼬的小動物。

「那是……」

「小小的好可愛喔！」

體長約十公分。

外表可愛的小動物朝菲妮一步步接近。

就我所見並無危險性。可是，我總覺得不對勁。這種小動物我曾在哪裡看過。記得牠好像是只棲息於西部的小動物……

當我想著這些時，那隻小動物就用頭磨蹭起菲妮的腳。那副模樣讓菲妮眼睛一亮，還蹲下來開始撫摸牠。

「好可愛！艾諾大人！牠好可愛喔！」

「是啊，這倒無所謂啦……李奧，這小東西叫什麼名稱來著？」

「嗯～印象中以前有看過就是了……」

「牠是棲息於大陸西部，名叫彈鼬的小動物。」

「「就是那個名字！」」

聽了瑪麗說的話，我和李奧的聲音重疊在一起。

當我們談這些時，菲妮仍在疼愛彈鼬。

然而下一瞬間，彈鼬卻撲向菲妮的胸口。

「啊哈哈！不可以！這樣會癢！啊！」

菲妮抱起了貼上來嬉鬧的彈鼬，彈鼬卻在過程中試圖從菲妮胸前鑽進她的衣服裡。

矮個子的菲妮意外有乳溝，景象就變得有點煽情。

「呀！啊哈哈！真是的！都說不行了嘛！咦？啊哇哇！」

起初彈鼬只把頭鑽進去，然而牠一下子就穿過菲妮的手，完全溜進了她的衣服裡。

「嗯！呀啊！不可以！那、那裡是……呼哇哇？」

彈鼬橫行無阻地在菲妮的衣服裡亂爬。菲妮又癢又羞地掙扎。

目睹這一幕的我和李奧都覺得好像看了不該看的畫面，不自覺地別開臉。

瑪麗體貼地湊過去，可是又有彈鼬趁機入侵了結界。

為了設法攔住那隻彈鼬，我和李奧伸出腿，卻被牠輕靈地閃過。

於是彈鼬來到注意力完全放在菲妮身上的瑪麗腳邊，就敏捷地沿著她的腿往上爬，這次變成瑪麗的裙底遭受入侵了。

「噫！這隻壞東西！停下來！」

「不可以！住手！請不要扯我的內衣！」

「你想鑽去哪裡？壞東西！下流！」

她們兩邊都在跟入侵到衣服裡的彈鼬苦苦搏鬥。

我和李奧總不能出手幫忙，也就不知所措地望向彼此的臉，然而又冒出另一隻彈鼬抓準機會入侵結界了。

那隻彈鼬跟之前的不一樣。

儘管同樣是彈鼬，牠的身手特別快。那隻彈鼬匆匆爬上瑪麗的身體，接著跳往菲妮的身體，然後直接叼起某樣東西跑掉了。

彷彿就等牠得手，原本鑽進菲妮和瑪麗衣服裡的彈鼬也迅速溜出來，分別往不同的方向逃離。

「嗚嗚……」

「那些淫獸……不能放任牠們胡來。」

「是啊，不能放任。有要緊的東西被搶走了。」

「被算計了呢……看來竊賊的犯案手法就是利用那些彈鼬。」

我和李奧同時板起臉孔。

因為菲妮原本拿在手上的髮飾不見了。

察覺這一點的菲妮臉色蒼白。

「皇、皇帝陛下賜給我的髮飾……！」

「只要菲妮道歉，父皇應該也不會怪罪吧。我猜他反而會說這事交給他處置就好，並且下令抓犯人，不過還是別鬧大比較妥當。就由我們幾個來找。」

「哥說得也對。我和瑪麗一起找。瑪麗，妳沒有東西被奪走吧？」

「是的。我身上並未配戴貴金屬。」

「或許牠們是被調教成只偷貴金屬呢。感覺不會是單獨犯案。」

李奧說完便帶著瑪麗追起其中一邊的彈鼬。

我也想跟著追，菲妮卻一臉泫然欲泣地抓住我的衣服。

「我、我決定回去了……」

「妳在掛懷嗎？」

「……艾諾大人，我是希望讓您休養才邀您出來的……可是……我又給您添了麻煩……像我這樣還是別留著，艾諾大人也比較好辦事……」

菲妮淚珠撲簌簌地滴下。

她是覺得自己給我們添了麻煩吧。

我並不認為錯在菲妮，竊賊應該也不是認出菲妮才偷她的東西。明知她的身分還用這招就太草率了。

這次的事出於偶然，所以菲妮沒必要內疚。

「有妳在比較能讓我放鬆。」

「咦……？」

「所以妳別說自己添了麻煩。我會立刻把東西找回來，放心。」

「不過……那些彈鼬都已經不見了……」
「沒關係。交給我就能立刻找到。」
「可、可是……對廣範圍施展魔法，您的魔力就……」
正如菲妮所說，接下來有狩獵祭等著，我不太希望消耗魔力。
這部分確實跟她說的一樣，但這點問題不需要用上魔法。
「妳以為我凡事都要用魔法解決嗎？」
「我、我並沒有那種意思……！」
「這類動物很聰明，不過，終究還是動物。如此思考自然會有辦法浮現。」
話說完以後，我帶著菲妮前往巷道裡。
之前那隻彈鼬拿了髮飾就一直線往這裡跑。
彈鼬的眼睛沒有特別靈，可以想見應該是靠聲音或氣味。
「現在要找實在嫌晚了吧……」
「我要找的不是那隻小東西。我在找呼喚牠的道具。」
「呼喚牠的道具？」
「要牠們鑽進女性衣服裡，或者偷貴金屬。這些把戲靠訓練都能勉強辦到，可是要命令牠們把東西帶到距離遙遠的地方，難度就一舉攀升了。何況有這麼多人在。」

「這麼說來，是這樣沒錯呢。啊，該不會犯人就在附近！」

「假如要冒這種風險，對方從一開始就不會利用彈鼬。應該有某種玄機才對。」

我說著就搜遍巷道裡的各個角落。

於是我發現有個小盒子被擺在空隙。

打開一看，正是我要找的。

「請問那是？」

「『蓄音石』。能蓄集聲音並定期發出來的石頭，常用於引誘怪物。大多蓄有雌性的呼喚聲，我想這次八成也是。每隔一段距離擺著這玩意兒就能把彈鼬誘到目的地。」

「原來如此！牠想把髮飾當成求偶的禮物對不對！」

「就是這麼回事。有人把彈鼬這種習性利用於竊盜。」

「太過分了！不能原諒！」

「是啊，敢玩這種下三濫的把戲，我們絕對要把人逮到。」

「好的！」

聽了這句有精神的答覆，我們隨即展開搜索。

既然要擺石頭，可以料想對方會盡量擺在行人稀少的地方，我們便走在狹窄的巷道內。

而我們押對寶了，一路往西都有石頭擺著。
不過失算的是——
「好窄喔～～……」
「麻煩妳忍一忍……」
走進的巷道非常狹窄這一點吧。
在狹窄空間裡，我和菲妮分頭尋找盒子。隨後——
「我發現了！」
「很好！」
我轉向菲妮那邊。
就看見菲妮找到了盒子，正在蹦蹦跳跳。
當我心想這樣跳來跳去挺危險的時候，菲妮便失去平衡。
我上前設法接穩差點跌倒的菲妮，卻不小心跟她抱在一起。
「唔！對、對、對不起，艾諾大人！」
「不、不會，我也要向妳道歉……」
大概是臉湊近的關係，菲妮連忙跟我拉開距離。
菲妮滿臉通紅，不過我的臉應該也是紅的。

在我們像這樣臉紅時，有隻彈鼬貼到了菲妮身邊。

接著牠發出哀傷似的啼聲，還用頭磨蹭菲妮的腳。

「真可憐……不要緊喔。我們馬上就會救你！」

「看來已經不遠了。走吧。」

我們穿過巷道，前往城鎮西側。

於是我們發現有不同於剛才那隻彈鼬的另一隻彈鼬進了民房。

原來如此。那裡就是根據地嗎？

「艾諾大人，對方躲在那裡呢。」

「是啊。那我們可以動手逮人了。」

話說完，我整理了蓬亂的頭髮，並且把邋遢的衣服穿整齊。

接著我挺直背脊向附近巡邏的騎士搭話。

「你們幾個聽著。」

「是、是李奧納多殿下！」

「把這一帶的騎士召集過來。我找出竊賊的根據地了。」

「這、這麼快？真不愧是李奧納多殿下！我立刻去安排！」

騎士們臉色一亮，接著便跑去召集附近的其他騎士。李奧到處參訪村莊，還協助緝捕竊賊，因此在東部的騎士之間似乎廣受讚揚。

這樣就能收拾問題了吧。

回頭朝後面望去，菲妮卻顯得一臉不滿。

「妳怎麼了？」

「明明是艾諾大人發現的……」

「憑我號令不了騎士。讓竊賊溜掉就傷腦筋了吧？」

「話是這麼說沒錯……可是外界又會只擁戴李奧大人了……」

「妳在介意那種事情？有什麼不好呢？既然李奧能受到擁戴，對帝位之爭也就有利。」

我設法像這樣安撫菲妮，她卻始終一副不滿的臉色。

在我們談論這些的過程當中，眾騎士聚集至現場。

我下指示包圍民房，並發出要他們破門而入的信號。

對方大概是鬆懈了吧。

攻堅漂亮成功，眾騎士輕鬆地從民房緝拿到四名男子。

我看著這一幕，跟菲妮進入民房。

屋裡有關在牢籠的彈鼬與牠們奪來的貴金屬。

「讓我檢視一下好嗎？」

「咦？殿下，呃……像這種情況，依規定是不能觸碰贓物的。」

「放心吧，很快就好了。」

我無視於眾騎士的忠告，開始物色贓物。

藍色海鷗造型的髮飾就在那裡頭。

我拿起來交給菲妮。

「菲妮，麻煩妳摘下眼鏡。」

「是。」

「妳是……！」

「我想各位都認得清楚就是了，這位是蒼鷗姬。她的髮飾被偷了，所以才要把東西找回來。這事只有我身邊的人知情。畢竟父皇所贈之物在基爾街上遭竊，負責巡邏及警備的騎士都將人頭難保。有人要說出去倒也無妨，但我希望各位能理解事情一旦洩露，有麻煩的會是你們。」

「是、是的！我什麼都沒有看到！」

「我、我也一樣！」

原本管理贓物的那些騎士如此宣言。

我對此感到滿意，便與菲妮一同走出民房。
等那些騎士的目光消失，我才由李奧變回艾諾。
「呼～～只剩跟李奧說明而已。不過，幸好東西有找回來。」
「感謝您。這全都是艾諾大人的功勞。」
「我沒做什麼大不了的事啦。」
「……即使外界不曉得艾諾大人的活躍，我也不在意……因為我都看在眼裡！我會記得艾諾大人有多帥多優秀！以後我都會記著！永遠記在心裡！」
菲妮做出莫名其妙的宣言。
她好像振奮過頭，連呼吸都在喘。
然而，給我的感覺倒不壞。
「這樣啊。那以後也要拜託妳嘍。」
「好的！我遲早會著述出書！我要將艾諾大人的活躍毫無遺漏地傳達出去！」
「那就免了。」
「咦～～請問為什麼不行呢～～？」
我們倆就這樣一邊笑著一邊繼續享受之後的慶典。

6

前夜祭結束，狩獵祭正式開辦了。

慶典會從父皇的演講揭幕，不過父皇尚未準備完成。在這段期間，我和李奧正從城牆上望著街頭的景象。

「正式開辦以後，街上實在熱鬧得很。」

「真的呢，哥。這是好事。畢竟東部人民一直為怪物所苦，我覺得需要安排這樣的時刻。」

「你說得對。父皇似乎也對因應得太晚而感到有愧。救濟款項好像事先就發放給東部的人民了，好讓他們能享受慶典。」

算準光是舉辦慶典仍不足以平撫民怨吧。

此外，要是不讓民眾捨得解囊消費，舉辦慶典大概就沒有意義。為了起到帶頭消費的作用，皇帝才替民眾負擔了頭一筆錢。

長期為怪物所苦的東部民眾戒心深厚。如果不發救濟金，就算辦了慶典也沒人肯解囊吧。

從這個層面而言，父皇是位了不起的人物。不過，趁著眾人上街花錢，像昨天那種竊賊也就跟著出現了。後來騎士巡邏的身影亦有增加，儘管並未發生大案子，小案子還是層出不窮。

由於人手不足，連身為近衛騎士的愛爾娜都被動員了。

「原來你在這啊？」

從後面傳來的聲音讓我們倆同時回頭。

結果看到愛爾娜就在那裡。

她應該直到剛才都在幫忙，臉上看起來似乎略有倦色。反正擔任近衛騎士的愛爾娜受過嚴格訓練，體力上應該不會感到吃緊，累的是精神方面吧。

「嗨，愛爾娜，狀況怎麼樣？」

「慶典正式舉行前就覺得累了，精神方面的累。都是在處理瑣碎的爭執或追捕扒手。誰教我不太會經手那種任務。李奧，你又如何呢？」

「我想我還好。不過心情上很充實。」

「哎呀？這話怎麼說？」

難得聽李奧講出這種話。

畢竟從性格來想，他在這種場合都只會客套。

「我先一步視察了蒙受怪物災情的村莊。身為皇族，我想我有義務替那些人打氣。何況拿下優勝也會有獎金，我打算把那筆錢跟自己的私財捐贈出去。」

「……原來你在想這些啊？」

「唉……明明你們倆幾乎是在同一時期來到東部才對。艾諾，這段期間你都在做些什麼？」

「我去前夜祭玩了個痛快。」

我亮出焦香土蜥蜴給愛爾娜看，那是我從附近攤販找來的戰利品，於是她扶額發出嘆息。

何必嘆這麼大的氣。

「艾諾，要是你起碼能分到李奧身上的一項優點，我身為青梅竹馬也會感到放心……李奧還對捉拿竊賊有所貢獻，受到這座城鎮的騎士大為稱讚耶。」

「我也對慶典有貢獻啊。身為皇族，我帶了錢去消費。」

「唉……」

「我哥的優點可多了。只是他太會掩飾，別人察覺不到罷了。」

愛爾娜嘆氣，反觀李奧則幫我打圓場，很符合他的作風。

我交代過李奧，我假扮他的事情要保密。反正現在澄清也沒意義，被人認為我跟李奧頻繁交換身分也會造成麻煩。

在愛爾娜面前，姑且還是先瞞著。雖然她肯協助我方，但並不算我們陣營的人。

「真不愧是李奧，說得好。賞你吃一口。」

「謝嘍。嗯？沒想到還不錯。」

「對吧？我有在攤販找美食的天分啦。」

「那種天分，對皇子來說又沒有用……好啦，我們該走了喔。李奧也回去吧。差不多要開始了。」

被愛爾娜這麼一催，我急忙把烤蜥蜴塞進嘴裡。

騎士狩獵祭終於要開鑼了。

■■■

「我們帝國屬於怪物受災經驗較少的國家。或許正因為如此，處理怪物問題一再落於人後。這次亦是我統治無方，導致東部人民受苦了。我真的感到過意不去，希望大家能原諒我這愚昧的皇帝。」

父皇正在民眾面前演講。

我們要再晚一點才會登場。

當原本的領主屋邸被我們當成休息室使用時，有訪客出現在我的房間。

我本來猜想會是愛爾娜或菲妮，出現在那裡的卻是令人有些意外的人物。

「葵絲妲……？怎麼了嗎？」

「皇兄……」

在那裡的是葵絲妲·雷克思·阿德勒，十二歲的第三皇女。

有著亮麗金髮與琥珀色眼眸的皇妹。儘管美得足以在將來與菲妮爭豔，她的美貌卻被形容成好似人偶。那是因為葵絲妲這個女孩幾乎不將表情顯露在外。

葵絲妲面無表情地帶著鍾愛的兔子布娃娃仰望我，那模樣確實酷似人偶。然而，她的目光有一絲絲飄忽。那是葵絲妲感到不安時的跡象。

「總之進來吧。怎麼了？妳有什麼困擾嗎？」

「不是的……人家沒有困擾……有困擾的是這裡的人們……」

不得要領的說明。

大多數的人會在這時候出局。可是，面對葵絲妲不能那樣。

我讓葵絲妲在椅子上坐下，然後蹲低以便配合她的視線。

這孩子在皇族當中算是極為特殊的存在。

沒有任何人發現，不然就是裝成沒發現，這孩子天生就具備魔法。

原本魔法是要經過修練才能學會，然而世上有極少數人自然就會用魔法。那被稱為先天魔法，會使用的人非常珍貴，而且強大。畢竟那是專屬於該人獨有的魔法，其他人絕對用不了。

葵絲妲身上就有這樣的跡象。

那恐怕可以預知未來或者有類似效能。之前皇太子過世時，她也曾在我眼前哭哭啼啼地表示長兄會死。

事情若是傳開，珊翠菈之流八成會喜孜孜地拿來利用，所以我囑咐葵絲妲不能告訴任何人，也交代她有看見什麼就要來找我。她來到這裡，就表示是這麼一回事吧。

「這次妳看見了什麼？」

「……這座城鎮被怪物包圍了……」

葵絲妲的能力仍不穩定。

儘管偶爾會看見疑似未來的影像，對葵絲妲來說卻盡是接近於惡夢的影像。

而且未必每一次都準。可是也有準的時候。

正因為這樣才不能置若罔聞。

「所以妳並沒有明確看到有誰會死吧？」

「嗯……」

「是嗎？幸好妳有告訴我。這下我要行事就輕鬆多了。」

「……皇兄也要去嗎？」

「對啊。我沒辦法陪著妳。」

「……」

葵絲妲露出看似不滿的臉色。

她應該是對懷有不安的自己被擱下感到不滿意。話雖如此，我總不能為了葵絲妲一個人留下來。

基本上，假如城鎮被怪物包圍，待在外頭才比較好應付。

「打擾了，我是菲妮。」

菲妮正巧在這時候來到了房間。

她手上拿著一袋點心。

非常好！

「葵絲妲，我來介紹。她是我的朋友，菲妮。」

「啊，初次與您見面，葵絲妲皇女殿下。我名叫菲妮・馮・克萊納特。」

「我曉得，妳是蒼鷗姬，帝國最漂亮的人。」

「虧妳知道。」

我摸了摸葵絲妲的頭，而她面不改色。不過，她也沒有露出排斥的舉動。葵絲妲頂多只跟我、李奧還有位於國境的長女交好。她是個連對親生父親都無法放下戒心的孩子，因此讓旁人非常難伺候。

這次葵絲妲當然也會留在這裡，但我不忍心放這種狀態的她不管。

「菲妮，不好意思，妳能不能陪陪葵絲妲？」

「人家想要皇兄陪……」

「菲妮可以信任，她比我可靠多了。而且她的點心可是極品喔。妳喜歡點心吧？」

話說完，我從菲妮剛才手裡的袋子裡拿出點心給葵絲妲看。

那是塊兔子形狀的餅乾。

葵絲妲怯生生地把餅乾含進嘴裡，隨後就凝視著菲妮。

看見這一幕的我苦笑。

「恭喜。妳獲得她的親近了。」

「咦？我有獲得親近嗎……？」

「除了親近的對象外，這孩子是不會盯著看的，因為她不感興趣。葵絲妲，在我或李奧回來以前，有菲妮陪著妳，這樣可以嗎？」

「嗯……」

「所以嘍，不好意思，麻煩妳盡可能陪在葵絲妲身邊。」

「我了解了。如果艾諾大人希望如此，我樂於配合。」

菲妮說著笑了笑，還開始把其他點心分給葵絲妲。

一瞬間，我想到餵養這個字眼，但實在太失禮了，我就吞回去沒有說出口。

接著外頭歡聲如雷。

恐怕是父皇的演講結束了。

接下來我們必須成為主角。

「好了，該走啦，葵絲妲。總之妳向民眾露個臉吧。」

「……」

「別擺出排斥的表情嘛。不得已啊，我們是皇族。」

「……皇兄每次都溜掉。」

「這次我沒溜吧？來，我們走。」

我牽著葵絲妲的手，離開房間。後頭有菲妮跟著。

於是我們碰上了在同一時刻走出房間的麻煩人物。

「哎呀？還有空顧小孩，你可真有餘裕呢，艾諾特。難不成是因為你得到了奧姆斯柏格家的神童？」

第二皇女珊翠菈。

葵絲妲立刻躲到我後面。珊翠菈見狀便不悅似的氣歪了臉。

「皇姊，說我在顧小孩就過分了。身為哥哥，照顧妹妹是當然的啊。」

「真惱人。總覺得你連頂嘴的餘裕都有了。」

「皇姊看起來倒顯得焦躁。怎麼了嗎？可有什麼事進展不順利？」

我回的話讓珊翠菈頓時浮現憤怒無比的臉色，卻又馬上回復平靜。她應該是領悟到在這裡發脾氣也沒有意義，只會露出馬腳而已。

哎，即使她不動氣，我也已經知道暗殺者是珊翠菈的屬下，不過這應該就甭提了。

「做好覺悟吧。我會教你即使得到再強大的劍，無法活用就沒有意義。」

「哼！憑妳教得了什麼？」

戈頓聽見我跟珊翠菈的對話，也跟著現身。

受不了，這兩人似乎不槓上就無法罷休。

然而，戈頓銳利的目光盯著我。一瞬間，我有種心臟被掐住的感覺。

他到底是在戰場上立過功的人，殺氣很強。不用魔法的話必定會在轉眼間玩完。

「怎樣？艾諾特，要不要將你的劍託付給我？趁現在還來得及喔。去拜託父皇，哭著懇求說自己不配指揮勇爵家後裔，而且要推薦我才配得上她。」

「很遺憾，我沒有那種膽識，皇兄，那樣做就等於在糾正父皇的判斷有錯。再怎麼說還是父皇比較可怕啊。」

「哼，連讓出瑰寶的器量都沒有。手上兵馬再強也是白搭。也罷，我就連你跟那個女的一塊擊潰。」

「那是我要說的台詞喔。」

珊翠菈和戈頓互瞪。

我趁隙放輕腳步從現場溜走。

牽扯進這種衝突可就虧了。

「皇兄……我還是會怕……」

「沒事的，有菲妮陪著妳。而且要是發生狀況，我會來救妳。說定了。」

「真的嗎……？」

「是啊，千真萬確。」

我說著便握住葵絲妲小小的手掌。

這樣似乎讓她放心了，她露出一絲笑容。

而有隻手輕輕放到葵絲妲頭上。

「真遺憾。葵絲姐都只信賴哥哥嗎？」
「李奧皇兄！」
葵絲姐認出李奧的身影，一臉開心地撲向他懷裡。
接著她分別牽起我和李奧的手。
表情比剛才平靜多了。
「這樣才放心……！」
「那就好。李奧，你決定好巡視哪裡了嗎？」
「我會去巡視南方。」
「南方？那邊屬於不太有怪物災情的地方吧？」
「嗯。將慶典辦得熱絡當然很重要，全權大使也很重要，可是呢，我覺得多討伐一些怪物，為東部去除憂患才是最重要的。除了我以外，我想大概沒有人會去巡視南方。明明南方也有怪物作亂啊，對吧？」
很符合李奧作風的想法。
假如參賽者都聚在怪物多的地方，將無助於東部整體。
所以他要去沒有人去的地方。這固然值得欽佩——
「然後呢？你那樣會有勝算嗎？」

「有啊。南方不太有怪物的災情，因為沒有怪物接近。我打聽過為什麼，據說是因為有相當強大的怪物盤據在南方。」

「原來如此。你想賭大的。」

「就是這麼一回事。」

基於慶典的性質，只要打倒一頭又大又猛的怪物就有可能獲得優勝。

從這方面來說，把其他怪物都畏懼的怪物當目標並沒有錯。

「你就是為此才去視察村莊的嗎？」

「當然也兼有慰問之意啊。不過，該做的事情還是得做。」

「這下我放心了。你就照那樣繼續拚吧。」

「哥，你不努力的話，會被愛爾娜臭罵喔。」

「沒關係啦。我少拚一點剛剛好。」

我們邊談這些邊來到露臺。

民眾都在看著我們。

而且在皇帝的兒女們齊聚於露臺亮相之後，皇帝就朗聲宣布：

「在這場慶典的期間！近衛騎士們將各自效忠於我的子女！我的子女會尊重騎士，騎士則會對我的子女付出敬意！雙方搭配有如一心同體，便能合力對抗強大的怪物！敢與帝國為敵！我等皇族就有義務將其掃蕩殆盡！去吧！我的孩子！我的騎士們！騎士狩獵祭，自此開始！」

「唔喔喔喔！」

「加油，埃里格皇子！」

「不，這次應該是戈頓皇子獨秀吧！」

「珊翠菈皇女肯定會展現新奇的戰法！」

「我要聲援李奧納多皇子！第一次見識有那麼和善的貴人！」

皇帝的兒女們陸續率領騎士從屋邸出陣。

這次，留在屋邸的只有葵絲妲，其他人都會跟騎士一同前往狩獵怪物。

而那幾名兒女都揭起了專為這一天設計來代表自己的軍旗。

我的軍旗是黑底配白色十字。相反地，李奧則是白底配黑色十字。顯而易見的偷懶設計。完全跟李奧的款式相反，從中可以窺見我的定位。

然而，我不討厭這種設計。

「準備好了嗎？」

「當然。我們走。」

話說完，我便策馬疾奔。

後頭有愛爾娜率領的第三騎士隊跟著。

受到歡呼的只有愛爾娜。不過，這樣就好。

始終當個影子暗中活躍正是我的工作。

有人想在背後玩弄計謀也無妨，我只要反將他們一軍就行了。

第三章　基爾防衛戰

Episode 3

1

「喝啊啊啊啊啊！」

「喂喂喂……招式盡出是吧？那女的……」

我看著在前方不遠處作戰的愛爾娜，並且板起臉孔。

愛爾娜對付的是名叫血腥獵犬的暗紅色狼型怪物，其數量超過三十頭。牠們屬於集體行動的怪物，是達五頭以上討伐階級便為A級；達三十頭以上便為AAA級的棘手怪物。

然而，愛爾娜絲毫不把數量當一回事，直接把那群血腥獵犬驅散打垮。連高階冒險者都被她嚇到啦。

短短幾分鐘就擊潰成群血腥獵犬的愛爾娜用水晶型的特殊魔導具來記錄這項戰果。

這些立刻就會傳達至位於基爾的總部，報告給民眾。中場報告由我們遙遙領先。愛爾娜已經打倒一頭ＡＡＡ級怪物，還打倒了階級同等的血腥獵犬。

基於慶典性質，光是打倒一頭重量級怪物就會讓賽況逆轉，但我們無疑居於優勢。

「艾諾！看得見對面有怪物！我們追！」

「不，今天我已經累了。要不要在附近城鎮休息？」

「你那是什麼散漫的口氣？我們要拿優勝吧？」

「我倒不記得有這樣宣言過……」

總不能讓愛爾娜和眾騎士先走。

跟眾騎士一同出陣的皇帝子女們都戴了手鐲型的魔導具。騎士隊的隊長也戴著相同貨色，還具備雙方相隔一定距離就會自毀的設計，差不多一公里吧。這導致眾騎士不可能自己行動。

葵絲妲的騎士們沒有受到這項限制，不過要是發現怪物，他們還得用長距離的魔法通訊徵求身在基爾的葵絲妲許可才能動手。怪物來襲的話倒是准許反擊，然而會對裝備齊全的騎士們發動攻擊的怪物並不多。

大概是受限於長距離通訊的這項條件，葵絲妲的騎士們到現在仍未拿出成果。在收到回訊前就讓怪物逃了吧。

結果，這顯示要跟騎士一同上陣才是對的。

「妳應該不要緊，但是其他人已經累了。不用在頭一天就這麼急，慶典有三天之久，眼光要放長遠。」

「你喔……」

「奇怪～照理說，我是妳暫時的主子耶，難道妳要違抗指示？」

「唔……我明白了。我會聽從指示……」

「很好。那我們移動到附近的城鎮吧。」

話說完，我們便移動到鄰近的城鎮。

那座城鎮同樣處於慶典氛圍，有皇帝事先安排的旅館溫暖地迎接我們。

東部整體都像這樣參與了慶典。光是平時無法就近目睹的皇族及知名騎士來到城鎮，街上便熱鬧非凡。以這座城的情況來說，就是愛爾娜造訪才炒熱了氣氛，不過有個熱絡的理由總是比較好吧。

「敲鑼打鼓喧嚷得很呢。」

「那就是皇帝陛下要的啊。透過慶典紓解了東部的民怨喔。」

愛爾娜走進我被分配到的房間。

居然連門都不敲就進來，這女的真失禮。雖然把門開著的是我。

「妳起碼敲個門吧。」

「哎呀？需要嗎？」

「不然我問妳，要是我沒敲門就進妳的房間呢？」

「我會砍你。」

「太不講道理了吧！」

我忍不住吐槽。

因為這樣，我手上拿的葡萄酒灑出了一點。唉～浪費。

「你真的不像皇族呢……只不過灑出一點飲料，別擺出世界末日般的臉嘛。」

「作為一名騎士卻不懂得飲品的寶貴。在身為騎士之前，妳果然是位千金小姐，什麼都不懂。」

「沒離開過帝都幾次的大少爺才沒資格說我呢……倒不如說，你喝酒沒問題嗎？明天要是宿醉我可不管喔。」

愛爾娜傻眼似的開口，並且坐到我面前的椅子上。

卸下鎧甲，換了便裝的愛爾娜比平時無防備得多。重視活動方便的白色襯衫搭配較短的紅色裙子，毫不吝惜地露出的美腿使我將視線落在上頭。然而，我察覺到某件事。

沒錯。感覺似乎有某一處從幾年前就未曾成長。我也是個健全而頑劣的男生，有外表漂亮的女生，我必然會端詳。而要我說的話嘛，愛爾娜的胸部好像從幾年前就一直沒有成長。

「艾諾～～？你是在看哪裡呢？」

「看胸部。」

「起碼掩飾一下啦！受不了你……！」

愛爾娜說著便遮住自己含蓄的胸部。

然而，我卻無所顧忌地凝視愛爾娜的胸部。以年齡來講，小我一年的愛爾娜是十七歲。她的年齡卻配上這樣的胸部，該怎麼形容好呢……非常之遺憾。或許說聲請節哀比較貼切。

菲妮肯定比她還有料。倒不如說，菲妮都是穿寬鬆的衣服才不顯眼，可是滿有料的。果然是因為愛爾娜都在鍛鍊，胸部分不到營養嗎？

「妳要堅強活下去。」

「別講得一副很感慨的模樣！什麼嘛！一直盯著看還那樣講！」

「我是在想妳看起來都沒有成長。果然沒成長嗎……」

「有啦！我只是成長速度比別人慢！根本就不算小！」

「……原來如此。」

這套理論雖然牽強，我還是接納吧，為了愛爾娜著想。

當我如此心想時，愛爾娜氣得開始肩膀發顫了。哎呀，這可不行。

「我、我覺得不錯啊！像妳這樣的平胸，遲早也會有符合他人需求的一天！」

「不准說我平胸！我只是發育得比別人晚一點！再過幾年就會長得有模有樣！」

「我想那有點困難耶……再努力頂多也只能達到均標。」

「艾諾……我啊，想在餐後稍微運動一下耶……」

「會啦會啦！妳肯定會長得有模有樣，所以冷靜點！」

話說完，讓人感到危險的愛爾娜開始像作戰時一樣深深吐氣，我就跟她拉開了一大段距離。

愛爾娜看到我在房間角落發抖，似乎就失去了戰意，當場又坐回椅子上。

「受不了……艾諾，你還是老樣子。」

「才幾年改變不了一個人啦。妳對我是抱有什麼幻想？」

「普通的皇子啊，普通的。起碼我不希望你被人看扁……」

「那不是妳需要在意的事吧？我從以前就被看扁。沒有才華卻又不努力，光會玩耍，被李奧吸收掉一切優點的廢渣皇子。我倒覺得說得很妙。」

「我聽了既哀傷又不甘心呢……」

「那就感謝妳嘍。」

我隨口道謝，就被她狠狠瞪了。

愛爾娜對此聳了肩，又發出嘆息。這女的勞心傷神的事情還真多，明明她並沒有閒到可以管我這種人才對。

「你懂嗎？就是因為你什麼都不說，又什麼都不做，才會在貴族間也被看扁。有貴族公然瞧不起你耶。民眾對你不滿是可以理解的，誰教你都沒有履行身為皇族的義務。不過，貴族是你的臣屬喔。就算徒具表面，他們還是有義務對你表示禮儀。」

「貴族也有看扁我的權利啊。對扶不起的傢伙直言扶不起很正常，我也覺得那樣是好事。」

「你又說這種話！他們並不是苦心相勸耶，是以貶低你為樂！那跟你小時候遭受的幼稚霸凌是兩回事！」

愛爾娜難得情緒激動地對我說出這種話。

看來是吉多之流的人在愛爾娜面前失言了嗎？或是大臣？無論是何者，應該都可以確定愛爾娜被惹惱了。

之前愛爾娜硬要找上門，原因也是出在那裡吧。

「然後呢？要我靠著妳獲得優勝將負面名聲抵銷嗎？妳希望我變成什麼樣？」

「艾諾，既然李奧志在稱帝，你也應該認真起來才對。我相信你。你只是總不肯認真而已。你老是這樣，東躲西閃地迴避掉一切。因為自己名聲越低落，李奧的名聲就會越高，所以你絕對不會認真投入任何事。」

這女的，實在對我看得莫名仔細。

不愧是青梅竹馬。

然而，既然她都明白，也應該要了解我會怎麼答覆才對。

「我保持以往那樣就好。這場慶典結束以後，妳也別再跟我有牽扯了。」

「可是我——」

「我差點遭人暗殺。」

「……咦？」

突然的一句話，讓愛爾娜瞬間僵住。

望向窗外，街上的人們正在叫嚷著。

我看著那幕景象，一邊說明得好似事不關己。

「晚上我走在城裡，就遭到了襲擊。沒有瑟帕在的話不曉得後果會如何。理由不用我說，妳也曉得吧？」

「……是我……害的……？」

「這次的慶典對於爭奪帝位事關重大，畢竟牽涉到全權大使的位子。光是有妳在，我就足以成為優勝人選。看在皇兄或皇姊眼裡當然不是滋味，有對手勢必要除掉，就算是我也一樣。」

「怎麼會……」

「或許妳有任務要奔走各地就不知情，然而皇兄及皇姊最近都毫無情面，他們打算用盡手段把帝位納入手裡。因為大家都曉得輸了就只有等死，沒有人會放水，也沒有人會留情。假如李奧沒有稱帝，我應該也會被殺。可是，缺乏能力的人突然強出頭就會像這次一樣。所以妳別介入，妳的力量太強了。」

話說完，我就跟愛爾娜劃清界線。

這也是為了愛爾娜著想。被譽為奧姆斯柏格家神童的愛爾娜以個人立場為我撐腰並不妥。

接下來，皇兄皇姊肯定會動手除去愛爾娜。並非憑實力，而是在政壇上玩弄手段。以往奧姆斯柏格家也有人被如此除去，所以奧姆斯柏格家基本上不會涉足政治。我總不能讓愛爾娜捲入爭奪帝位這種規模最大的政治鬥爭。

更重要的是，她肯定會成為強大的伙伴，卻也會為我們樹立同等強大的敵人。無論從情面上或局面上來想，要愛爾娜保持距離都是最佳做法。

「……對不起。」

「妳別放在心上。我會拚的就只有這場慶典，放心吧。」

「……嗯。」

愛爾娜說著便一臉消沉地離開房間。

她的背影顯得十分落寞，我卻沒有對她說什麼。

在那之後，我們就開始讓成績急速下滑了。

2

「唔……！為什麼會變成這樣！」

第三天早上。我無視於不甘心的愛爾娜，暗自覺得這樣才妥當。

由於我牽掛葵絲妲說過的話，就盡可能停留在不會離基爾太遠的地方，同時逐漸往南推進。在第一天晚上變消沉的愛爾娜沒有對我的決策唱反調。她那無論如何都要獲勝的想法已經被沖淡了吧。

因此從第二天開始，我們碰上怪物的機率就銳減了。考慮到怪物的習性，這是當然的結果。

怪物的生存本能比人類更強，所以怪物會盡量避免跟強過自己的個體交戰。

「艾諾，你要在這裡靜靜不動……？」

「等我一下。我要思考。」

我這麼說著，對於局勢大致都按照計算在走感到有異。

愛爾娜在第一天曾經殺遍這附近。敏銳的怪物判斷愛爾娜會帶來危險，就不敢靠近愛爾娜了。

這對冒險者而言是理所當然的知識，身為騎士的愛爾娜對這方面的知識卻很淺薄。即使她能討伐怪物，對於怪物的認識仍不及冒險者。換成冒險者就會慎重行事，以確保在第三天將大隻的獵物逼出來討伐。

我明知道這些卻沒有阻止愛爾娜，是因為我正希望局勢像這樣發展。

目前，討伐過ＡＡＡ級怪物的只有我們、戈頓和李奧三組人馬，每組都只討伐了一頭。基本上，我們還討伐了相當於同級怪物的大群血腥獵犬，因此暫由我們排在第一名，然而領先的寶座就快要不保了。

之所以如此，是因為我刻意往南移動。理由在於我們南方只有李奧和么弟，我想把怪物引誘到那裡，才用類似趕魚的方式讓怪物對愛爾娜起戒心，一直將位於我們這裡的怪物誘往李奧所在的南方。

策劃戰略時，我還想過以席瓦引誘怪物的方案，但我試著靠愛爾娜執行了。多虧如此，李奧他們也討伐了ＡＡＡ級怪物。

我們要獲勝是十拿九穩，不過最理想的狀況還是由李奧奪冠。光靠第一天的戰果，我們就有足夠的可能性優勝，我才把方針轉換成支援李奧，事情卻進展得太過順利。

之後李奧他們只要再討伐一頭ＡＡＡ級怪物就完美無缺了，不過那樣或許是奢求過多。

只要是近衛騎士隊長級的人物，連ＡＡＡ級怪物都能夠討伐。然而，能輕鬆討伐的應該只限排前幾名的隊長。假如李奧他們缺乏餘裕，把怪物誘過去也是白費。

更何況——

「對方要出手的話，我想時候是差不多了……」

「艾諾……？」

「嗯？啊啊，抱歉。我覺得埃里格皇兄和珊翠菈皇姊都有詭異之處……」

「ＡＡＡ級怪物才沒有那麼容易遇見嘛。東部光是有三頭就讓我感到訝異了。」

「說得是……」

「隊、隊長！殿下！請、請看這個！」

當我跟愛爾娜討論這些時，有個騎士看似慌亂地拿了水晶給我們看。

上頭映著目前的排名。
我們的名次落到了第二名。上頭則有第五皇子，卡洛士・雷克思・阿德勒的名字。
「怎麼回事？」
「名、名次突然有了變動……對手恐怕討伐了兩頭AAA級的怪物……」
「這太離譜了！除非是SS級冒險者或序位前幾名的隊長，否則不可能辦到喔！卡洛士皇子那邊的是第七隊長，實力雖不能說弱，但是這不可能嘛。」
「愛爾娜，或許他們並沒有正面迎戰。比如趁怪物入睡時偷襲，或趁AAA級怪物互鬥時將其討伐。有許多狀況是可以想見的。」
「會那麼巧嗎！」
哎，一般都會覺得離譜。而事情就是發生了。
原來如此。忍不住露出馬腳了嗎？我還以為對方躲著想幹一票更大的，如果是卡洛士就可以理解。畢竟他單純就是傻，所以遭人利用了吧。
第五皇子卡洛士，二十三歲，是個別無特徵的男人。既沒有被評為優秀，也沒有被評為無能。可是他愛作白日夢，開口講個幾句就能聽出他渴望當英雄。
假如能刺激到他對於當英雄的渴望，操控起來應該不難。
「不是巧合的話又怎樣？妳想告狀說有人作弊？」

「這……」

「在這裡討論也沒用。總之期限就在第三天晚上，我們盡力而為。」

話雖如此，我幾乎已經放棄找怪物了。

說來傷人，但是愛爾娜一靠近，怪物無不溜之大吉。我們要扳回一城是不可能的。

然而在卡洛士成為第一名時，那些都無所謂了。

爺爺說過在慶典奪冠並不是目的。那些話出自稱霸權謀之戰並且登上帝位的爺爺口中，十分足以取信。

還有葵絲姐作的惡夢。

若要相信基爾全城被怪物包圍的惡夢，推敲出的發展會相當險惡。

基爾當然也有守備隊，然而保護皇帝的近衛騎士都與皇帝兒女一塊分散在東部了，皇帝身邊的防備史無前例地薄弱。

離基爾較近的頂多只有我、李奧還有卡洛士，其他人幾乎都跟基爾距離遙遠。從保持著絕妙距離這一點來看，卡洛士似乎是想著要營救遭怪物圍攻的皇帝。

犯蠢。事情沒道理那麼順利吧。

「拜託，要有自知之明啊……」

低聲嘀咕的我向上天做了禱告，但願哥哥會有自知。

■■■

地面在搖晃。

最先察覺這一點的人是愛爾娜。

「不會吧……這是……」

「愛爾娜！出了什麼事？」

我從躁動的馬下來對愛爾娜問道。

鐵定有發生什麼狀況，但是從我所在的地點掌握不到任何訊息。畢竟我總不方便當著愛爾娜面前用魔法。

這時候得靠愛爾娜了。

愛爾娜下了馬，將耳朵湊向地面。

接著她緩緩站起身。

「……有大群怪物在狂奔……發生『海嘯』了。」

「『海嘯』……？」

「在怪物眾多的地區偶爾會有這種現象，怪物遷徙的時間重疊在一起，形成大規模遷徙……肯定是因為我們把東部的怪物逼急了，所以牠們才會同時逃亡……！」

原來如此。她做了如此的解釋。

這樣想最為合理，也能讓狀況得到說明。

比祭出操控怪物的笛子還輕鬆。卡洛士恐怕也是打算藉此克服難關吧。

然而，要我以冒險者的身分表示意見，怪物會一起朝相同方向逃亡是古怪的。「海嘯」發生會牽涉到火山爆發或大風暴之類的天災。在場能與那些匹敵的頂多只有愛爾娜，怪物要逃離愛爾娜的話可以理解，腳步聲卻相當接近。從牠們忽視愛爾娜這一點可見狀況極不自然。

「愛爾娜，怪物都朝哪裡去了？」

「照這樣的話……我想牠們會跟基爾接觸……」

「靠基爾的守備隊撐得住嗎？」

「我想沒辦法……為迎接明天發表的比賽結果，近衛騎士團長應該正從帝都護衛著眾皇妃，皇帝陛下身邊的近衛騎士只夠應付最低需求……無論怎麼想都阻止不了……」

皇帝逃得掉就好。

護駕的基本戰力應該是有。然而，那麼做並無意義。

這場慶典是為了紓解東部民怨而召開，卻引發了海嘯，如果皇帝到最後還逃走，東部的民怨想必將更為增長。
最糟的情況下會引發叛亂。假如利用卡洛士的傢伙算到了這一點，心思可真卑劣。
發生戰亂就能建立戰功。無論使計的是埃里格還是戈頓，都無視了民眾的損失。
贏得帝位之爭後，這些傢伙將成為皇帝。既然如此，他們應當有義務保護人民……
「他們果真都屬於當不得皇帝的那種人……」
「艾諾？」
「……愛爾娜，假如我要妳拯救基爾，妳辦得到嗎？」
「……當然可以。畢竟保護皇帝陛下和民眾就是我們騎士的職責。」
「連怪物的數量也不確定，或許去了就等於送死喔。」
「我才不會怕死。」
「……所有人都一樣嗎？」
「當然了！我們會賭上性命守住給您看！」
「我們必定會拯救基爾給您看！」
愛爾娜的部下們各自說得慷慨激昂。
諸如不怕死、肯賭上性命。全是讓我討厭的詞。
我才不想聽那些自我滿足的話。

「……立一道誓言，愛爾娜，向妳的劍。」

「咦……？要立什麼誓言？」

「發誓妳會活下去。所有人都一樣，向佩劍發誓自己絕不會死。不肯立誓，我就不派任何人過去。」

「艾諾……」

愛爾娜訝異似的叫了我的名字以後，就屈膝下跪將劍插入地面，然後以額頭抵在劍柄上。她的部下們也跟著做了。隨後——

「近衛騎士愛爾娜・馮・奧姆斯柏格向佩劍立誓，在此戰絕不會死。」

每個人都立了不死之誓。

這樣應該就沒問題。

「好，我們走吧！艾諾！怪物多就表示我們還有機會扳回……」

「不……我會成為累贅。由你們去就好。」

話一說完，我強行卸下戴著的手鐲。規定不能卸下的手鐲被我拿掉了。在這個時間點，我已經因為犯規而出局了。

「艾、艾諾……」

「哎呀，摸一摸就解開了，這也沒辦法嘛。粗心粗心。我只好到附近城鎮去喝個酒嘍。」

「為什麼……我們本來還有機會扳回一城啊！你為什麼要這樣！」

「我已經出局了。別放在心上，去吧。並不是因為你們趕去造成我出局，我是出於自身意志棄賽的，別在意。」

即使我說要留在這裡，只派愛爾娜和眾騎士趕回基爾，也會讓他們心生迷惘。為了斬斷那種迷惘，我爽快地處分了造成迷惘的種子。

皇帝與民眾危機當前，慶典拿什麼名次都是次要的。

「艾諾……你……」

「記得也要告訴父皇，是我自己把手鐲弄壞了。」

既然皇帝用了一心同體當號召詞，就不能發生騎士害皇子出局的狀況，縱使是皇子下的命令也一樣。

我像這樣卸下了手鐲，責任便由我負。

這不會成為對愛爾娜或騎士們究責的材料。哎，只要救得了基爾，這方面的問題自然會迎刃而解，但我也得想好救不了時的後路。救不了的話，眾人將開始互推責任。不能留下會讓騎士被追究的把柄。

愛爾娜似乎察覺到我的用意，就露出快要落淚的表情。

其他騎士也都低著頭。

而我告訴我的騎士們：

「眾騎士聽令。」

「……」

「即刻援救位於基爾的皇帝陛下與民眾。最糟的情況下，就算失去基爾這座城也無妨，要以人命為優先。」

「皇子殿下，我等謹遵……您所下達的命令。」

「還有，葵絲妲和菲妮也在那裡。她們倆應該都很害怕，麻煩你們關照了。」

「是……我會留幾名部下保護她們。」

愛爾娜帶著夾雜了不甘、無奈與哀傷的臉色答話。

而其他騎士也一樣。

就在此時，瑟帕無聲無息地從我背後出現了。

「殿下由我負責護衛，請各位不用掛心。」

「瑟帕……你為什麼……」

「我難免會擔心，主要是在生活方面。因此請交給我吧，愛爾娜大人。」

被明講不需要護衛的愛爾娜似乎受了些刺激，或許她是解讀成自己連守護都不配。

雖然並非那麼回事，我們也沒時間解開誤會了。

不過，他們到底是騎士，所有人都切換心態去準備馬匹。

然後在出發之際，我向他們送上了最後一段話。

「『我的』騎士聽著。交給你們了，只有你們能擔當重任。」

愛爾娜聽見這句話，眼裡瞬間微微浮現了淚水。

不過，好似要將淚揮去的她拔劍回答：

「請殿下看著，近衛騎士愛爾娜．馮．奧姆斯柏格將實現您的心願！我在此對這把劍與自己的家名立誓，會殲滅所有敵人並拯救基爾給您看！」

「嗯，交給妳了。」

話說完，愛爾娜他們便以驚人的速度策馬離去。

跟她一起騎馬時就覺得夠快的了，看來那還是保留了不少實力。

等到看不見他們的身影以後。

我對獨一無二的管家搭了話。

「瑟帕。」

「在。」

「準備好。接下來是我暗中活躍的時刻了。」

「遵命。」

換上平時那套黑色斗篷和銀面具的我化身為席瓦，當場用了瞬移魔法離去。

3

「皇帝陛下！請您快逃！」

「我不退。叫眾人準備守城。」

皇帝約翰尼斯接到海嘯接近的消息，便選擇留在現場。

為民著想——當然並不是如此。約翰尼斯在成為皇帝時就已經將個人的情緒封藏了。因為他判斷現在逃走的話，帝國東部將發生暴動或叛亂。

因此，約翰尼斯把人數不多的近衛騎士布署於城牆，任命那些騎士為守備隊的指揮官。接著他親自披甲佩劍，站上了前線。

「眾人聽著！我等不能讓東部民眾受更多的苦！即使搏命也要死守這裡！」

皇帝親自上前，讓守備隊的士氣大為振奮。

然而，光靠這樣並不足以對付接連來襲的怪物。

大群怪物從基爾東部源源不絕地來到，城牆外轉眼間就擠滿了怪物。興奮而失去理性的怪物朝基爾城裡展開突擊，守備隊則陸續予以迎擊。

約翰尼斯本身也持劍斬了幾頭怪物，卻還是寡不敵眾。

守備隊人數為三千。然而，怪物的數量接近於他們的三倍。

士兵們逐漸失守倒下，約翰尼斯見狀不禁咂嘴。戰局顯然處於劣勢。他應該要逃，不過一旦逃走，敵人將不只是怪物而已。

當約翰尼斯苦惱該如何是好時。

從天上傳來了笑聲。

「啊哈哈哈哈！你看你看！哥哥！皇帝一副苦瓜臉耶～～！」

「是啊，弟弟。真滑稽。」

突然的忤逆之言讓約翰尼斯瞪向天空。

有兩人一組的男性在那裡。

一個是有著銀色頭髮的少年，個子不高，笑起來的純真模樣就像個孩童。

另一個是金色長髮的男子。五官端正的這個男子淺淺一笑，並直直俯視著皇帝。

兩人的共通處是膚色白皙得病態，而且俊美。

「你們是什麼人？」

「我叫薩姆。」

「我叫作汀恩。」

皇帝聽過他們倆的名字。

而且皇帝看見兩人特徵明顯的犬牙，便嗤之以鼻。

那是大陸上的幾種亞人之一，酷似吸血鬼（Vampire）具有的種族特徵。

長壽而力量強大的吸血鬼公然支配著大陸的一部分，光靠為數不多的族人就建立了一國。

以往被歸類成怪物，還與人類展開戰爭的種族。然而如今堅守互不干涉的立場，變得鮮少現身了。

在這當中，曾有兩人組的名號廣傳於人類之間。

「還記得先帝提過……曾有兩人一組的吸血鬼作惡多端，遭到族人放逐，還成了冒險者公會的懸賞目標。名字就跟你們一樣叫薩姆與汀恩。兩人一組並且被歸類為S級怪物的吸血鬼，正是你們倆嗎？」

「沒錯喔，那說的就是我們！」

「冒險者公會將我們與下等的怪物相提並論，這是無可饒恕的侮辱。我們沒忘記這份侮辱。對於助長這種觀念之人，我們當然更不會忘記心中的恨意。」

「哦？真是目光長遠的復仇方式。先帝早已不在人世，你們打算改向我復仇嗎？」

「當然了！人類就是脆弱又短命！」

「我放棄對個人的復仇了。你們與我們活在不同的時光，因此我要對該人的子子孫孫以及擁有物展開復仇。」

對方放話把帝國整體當成復仇對象，讓約翰尼斯為之咂嘴。平常他會回嘴理論，然而有鑑於現狀，引發海嘯的無疑就是這兩人。

光是應付海嘯就忙不過來，再出現兩名被認定與S級怪物同等的吸血鬼，任憑約翰尼斯再有手腕也無計可施。

只要國家引以為豪的近衛騎士在——

約翰尼斯如此心想，然而他自豪的近衛騎士卻都分派給兒女了。

他們都已經遠離基爾，即使能即時反應過來，能趕到的也只有少數。

「好啦，你也只有現在能打著皇帝稱號擺架子了。等我吸乾你的血以後，就會把變成木乃伊的屍體扔給帝都！」

「哼！辦得到的話，你大可試試！就算殺了我，帝國也不會滅亡！我們帝國的精銳想必會將你們倆宰了！不怕就放馬過來！」

「我可以認同你的骨氣，但是口氣再大，也改變不了你們的劣勢。」

汀恩說著便高高舉起右手。

魔力聚集於他的右手，黑色球體浮現。有別於人類所用的魔法，具備龐大魔力的吸血鬼才可能純以魔力施展那種攻擊。

「你就一邊後悔與我們為敵，一邊受死吧！」

大團魔力朝著約翰尼斯砸去。

露出刻薄笑容的汀恩篤定勝負已分，然而他的笑容立刻降到了冰點。

因為汀恩砸下的魔力球在命中約翰尼斯之前就被劈成兩半。

「——您沒事吧，皇帝陛下？」

「噢噢……愛爾娜，虧妳能趕來。艾諾特已經不需要保護了嗎？」

「……請您原諒。我沒能遵守一心同體的命令……」

約翰尼斯看見愛爾娜的消沉臉色，就大致心裡有數了。

因為跟艾諾特一同趕路的話，愛爾娜絕對不可能來得及。

然而，約翰尼斯對愛爾娜笑了笑。

「看到兒子有長進，讓人心情愉快。這是託妳的福，愛爾娜。」

「陛下……我……」

「艾諾特派妳過來，而妳回應艾諾特的心意及時趕上了。我感到欣慰。說來怕有失威儀，能不能順便讓我見識妳的成長？」
約翰尼斯的問題讓愛爾娜大大地點頭。
接著愛爾娜直直望向兩人並舉起劍。
「謹遵陛下吩咐，且讓我一展奧姆斯柏格之劍技！」
「誰怕妳～～！多一個人又能怎樣！我曉得喔～～無能的廢渣皇子身邊，就是跟著妳這個騎士吧！因為皇子無能，妳才沒有走遠嘛～～哎～～討厭討厭，他的無能壞了哥哥的計謀。」
「你別輕忽，薩姆。奧姆斯柏格家是勇者留下的血脈，超乎人類規格。唯獨那女的不能當成人類看待。」
汀恩如此警告，薩姆卻毫不掩飾自己的輕忽。
然而，當薩姆看見愛爾娜眼神的那一刻，他頓時做好了應戰準備。
「唔！」
從未感受過的殺氣讓薩姆全身直冒冷汗。
薩姆一面舉起用魔力塑造的鐮刀，一面跟愛爾娜略為拉開距離。那完全就是退縮之舉，薩姆卻沒有自覺。
另一方面，對薩姆發出強烈殺氣的愛爾娜則是緩緩騰空。

對傑出的魔法師來說，用魔法飛並非難事。不過，能自由自在地飛上天作戰的人屬於少數。然而愛爾娜並非魔法師，卻達到了這個境界。
戰鬥所需的技能，奧姆斯柏格家的神童無一不通。
而且薩姆正是觸怒了奧姆斯柏格家的神童。
「你講出了我最討厭的話……竟敢當著我的面說那些！你罪該萬死。覺悟吧！」
「唔！人類少大放厥詞！」
短瞬之後，薩姆拿著鐮刀朝愛爾娜進攻。
然而，愛爾娜輕鬆躲過薩姆的鐮刀還予以回擊。
薩姆勉強擋下了這一劍，超乎預料的一劍卻讓他受驚似的看向哥哥。
「不愧是奧姆斯柏格家的神童，當代勇者之名並非虛傳。但是我會讓妳後悔跟我等吸血鬼作對！」
汀恩說完也加入對付愛爾娜的戰局。
三人在基爾的城鎮上空激烈交鋒。
底下則有皇帝扯開嗓門，提振守備隊的士氣。愛爾娜帶來了第三騎士隊的部下們參戰，使得戰局稍有扳回，不過怪物數量至今仍無減少的跡象。
在非得等待更多援軍的情勢下，有一名皇子現身了。

「父皇！卡洛士來救駕了！卡洛士趕來救駕了！」

第五皇子卡洛士，二十三歲。

褐髮秀氣的男兒，以性情溫和著稱的皇子。不過，他也具有愛作白日夢的個性，憧憬著能像人們傳頌的英雄那般在戰場上華麗地活躍。

而對卡洛士來說，在皇帝與民眾面臨危機時與騎士一同趕到，便是心目中的理想情節。

眾人對率軍趕來救援的自己投以注目，讓卡洛士心生歡喜。他一邊感到喜悅，一邊帶頭衝在前面。

「殿下！請您退後！這裡很危險！」

「不要緊！現在的我可是英雄！」

儘管那是他陶醉於現狀才講出來的話，卻也有其根據。

前陣子，卡洛士透過某人仲介，跟薩姆還有汀恩見了面。然後他們安排好由薩姆和汀恩引起騷動，再讓卡洛士出手擺平。回報則是在卡洛士即位以後，會要求冒險者公會解除對薩姆和汀恩的懸賞。

卡洛士信得過薩姆和汀恩協助自己的理由。冒險者公會的懸賞鮮少解除，不過只要成為帝國皇帝便有可能辦到，畢竟冒險者公會再怎麼說也無法忽視皇帝的意思。

所以卡洛士始終相信，自己登場的同時，薩姆和汀恩就會撤退。
他還夢想自己掃蕩剩下的怪物以後，將被全體人民當成英雄，進而成為皇太子。
卡洛士被薩姆發出的魔力彈射中而飛得老遠了。
「居然真的來了。那個皇子可夠傻的。」
「別理小角色，專心對付眼前！她來了！」
他們倆對卡洛士根本不屑一顧。
因為他們本來就不把卡洛士視為對等的交易夥伴。
他們倆只是在利用卡洛士。假如卡洛士一樣只有利用他們倆的想法，應該就不會那麼輕易地衝上去叫陣了，然而卡洛士天真不懂世事的性格使他信任了那兩名吸血鬼。
對此卡洛士還來不及後悔，全身就已經受到劇烈衝擊而失去意識。
有一名騎士設法接住了被轟飛的卡洛士，但是其傷勢攸關生死。
不過，卡洛士的慘狀激起了與他一同趕到的騎士隊士氣，並讓他們朝著怪物展開猛烈突擊。
慘歸慘，率先掛彩仍算是卡洛士唯一的戰果。
而且卡洛士的騎士們爭取到時間，讓局勢慢慢有了轉變。

4

我瞬移到了李奧的身邊。

話雖如此，以個人為對象進行瞬移會比較粗略，沒辦法精確飛到某一點。

我來到了有些誤差的位置，然後從空路追著揚起沙塵的一群人。

居然在這個時間點就啟程趕路了。該說真不愧是李奧嗎？

他們的目的地是基爾。李奧正跟騎士們一同全力疾驅。

而我降落在李奧的行進方向，等著他過來。

不一會兒，李奧就注意到我，要馬兒停下腳步。

「……你就是席瓦？」

「正是。幸會，李奧納多皇子殿下。」

「我現在沒空悠哉問候。既然在這種情況下前來，我可以當你是援軍嗎？」

「對，我是這麼打算的。只不過，建議您最好別直接趕過去。」

「這話是什麼意思？」

李奧難得用動怒似的語氣提問。

海嘯既已發生，他應該是希望盡早趕到基爾吧。正因為如此，我才會出現在這裡。畢竟總不能讓李奧在這種狀況下帶著少數騎士衝向怪物大軍。

「現狀是有大量怪物襲擊基爾，就算您率領近衛騎士，憑如此人數仍緩不濟急。」

「不去就不能確定情況！或許我們還能多救一條命啊！」

「您志節高尚，不過光靠志節就能救人的話，也用不著您費力了。我想您身邊的騎士到底都心裡有數吧？」

李奧望向自己的騎士們。

他們臉色凝重，李奧見狀便顯露出一絲動搖。

而我進一步勸說李奧：

「海嘯既已發生，要阻止就必須靠軍隊。」

「哪裡有軍隊可以調度……？因為沒辦法阻止，你就要我觀望不前？基爾有我的父親、妹妹與應該保護的人民！對他們見死不救的話，我會無法原諒我自己！」

「唉……我不記得自己有叫你見死不救。說這些只是要你充實過戰力再去。」

「……？」

李奧原本還情緒激動，不過我拐彎抹角的講話方式好像讓他逐漸冷靜了。

談到這裡，我總算才進入正題。

「李奧納多皇子，位在東部的騎士並非只有你身邊的這批近衛騎士。」

「……席瓦，你是要我動用周遭領主的騎士？」

「那種荒謬的主意怎麼行得通！就算貴為皇子，動用領主麾下的騎士仍完全屬於越權行為！即使讓一百步不著眼於此，要動員對狀況掌握不清的那些騎士，誰曉得得花幾天時間！」

近衛騎士隊長看似不耐煩地告訴我。

他應該是認為我的提議不實際。這也難怪，畢竟連移動都曠日費時。

召集騎士的做法並不實際。然而，換成我就有辦法實際達成。

「方法交給我安排，問題在於皇子有無意願。所有事情結束後，或許會遭受斥責。您容忍得了那種可能性嗎？您說要拯救家人與民眾，是認真到何種地步？」

「……只要能救他們，我對皇族的地位根本就不感興趣。要用我的名義來動員騎士，我沒有異議。麻煩你說明方法。」

「殿下！」

「事態緊急。何況是為了保護皇帝陛下的行動，抗辯的說詞要多少都有，不成問題。來吧，席瓦，告訴我是什麼方法。」

「……漂亮，我對你的決心致敬。方法單純明瞭，我會用瞬移魔法在基爾附近的山丘上開啟傳送門。請你透過那道門發表演講，將不明白狀況的騎士們誘導至傳送門。」

這是個異想天開的方法。

拿不出任何一項證據來驗明皇子的身分，光靠聲音就要叫陷入混亂的騎士們一頭衝進可疑的魔法傳送門。

騎士們直屬的主子是領主。萬一領主叫他們別去，那就沒戲唱了。

這表示成效如何，全看李奧的演講。

假如召集不到多少騎士，我將會白白浪費寶貴的時間與魔力。

不過這值得一試。慶典仍在繼續。

第一名的卡洛士恐怕會出局，第二名的我也出局了。同樣位居第三的有戈頓和李奧。李奧若能在這時候統率騎士將怪物討伐，恐怕就能奪得優勝；而且集結起來的騎士投入戰局以後，便可一舉解決混亂的事態。

唯一要擔心的是基爾是否能撐住，不過為此我已經派了愛爾娜回防，應該不會有問題。假使靠愛爾娜應付不了狀況，我更不能讓李奧率領少數人馬展開突擊。

「如何？你缺乏自信嗎？」

「這個嘛……我是沒有自信。不過，我要試。畢竟家兄大概也會叫我試試看。」

「我倒不認為廢渣皇子會講出那種話。」

「那是你不了解他。家兄在緊要關頭的決策力超群，像現在他應該也比任何人都更加迅速地做出了決斷。」

李奧的評語讓我在面具背後目瞪口呆。

沒想到他會如此評價我。

感覺不壞。

「是嗎……那你就試試看吧。」

我說著便合併雙掌。要施放的不是個人用的瞬移魔法，而是可以造出孔穴，供多數人移動的魔法。

不一會兒，通往山丘的孔穴完成了，大小差不多可讓十個人同時通過。

扭曲不安定的那個孔穴實在不會讓人想闖進去。我率先穿過其中。

接著李奧也毫不猶豫地跟上了。

一瞬間，視野變得扭曲，但我們所站之處立刻變成了基爾附近的山丘。

「這就是瞬移魔法……」

「接下來才是重頭戲。」

彷彿自我告誡地講完以後，我就在鄰近基爾的七座主要城鎮造出一樣的孔穴。

剩下要靠李奧的演講了。

「我用了擴音魔法。開始吧。」

「……聽見這陣聲音的東部眾騎士，希望你們靜心聆聽。我是李奧納多．雷克思．阿德勒，帝國的第八皇子。」

李奧緩緩地道來。

他應該曉得這件事不容失敗吧。他並沒有快言快語地滔滔不絕，只管以讓人細聽為優先。

李奧是冷靜的。這樣或許行得通。

「目前，東部有海嘯發生，基爾成了怪物的通過點而情況危急。此刻，我正在徵求共赴當地的騎士。假如你們能聽見這陣聲音，請透過以瞬移魔法在附近打開的孔穴來到我身邊。無須請示領主的判斷，希望各位在個人的判斷下參戰。一切責任由我擔負。」

我以為演講就此結束，李奧卻在深深吸氣之後拔出腰際的佩劍。

接著他用前所未聞的宏亮聲音，充滿霸氣地告訴眾人：

「我要保護基爾的民眾！有心的騎士啊！有勇氣的騎士啊！認為這項大任非己莫屬的人速來請纓！期待諸君的判斷！」

如此替演講收尾的李奧猶如上場作戰的父皇。

旁邊的近衛騎士應該也感受到了這一點，他們看似震驚地望著李奧。

然而，李奧卻以嚴肅的表情望著傳送孔穴。

沒有人立刻就趕來。

當我心想還是不行的時候，有一名青年從其中一個孔穴現身了。

青年對人生中頭一次的瞬移大感吃驚，但是見到李奧的身影以後，他連忙下了馬行禮。

「我是來自赫森的騎士！名叫漢斯！為了替李奧納多殿下助陣而來到這裡！」

「來得好，漢斯。感謝你。」

「不！要致謝的是我們！自從聽到李奧納多殿下慰問各地村莊的消息之後，我就一心想為您效命！這麼想的騎士並不是只有我！大家正陸續集結！請殿下稍候！」

能自然而然地拉攏人心，召集到群眾者，稱為領袖魅力。

套用其定義的話，此刻李奧發揮出來的正是領袖魅力。

騎士們陸續通過孔穴集結而來。

而且到了後來——

「我乃烏爾姆的領主，名叫福洛迦！老夫帶了五百名騎士一同前來助陣！」

騎著馬現身的人，是個一眼就能看出有年紀的老人家。

我想他已年逾六十才對。體格壯雖壯，白髮蒼蒼的模樣卻令人擔心身子是否有虞。

「福洛迦，感謝助陣，不過你身子無虞嗎？」

「老夫有心，也有勇氣！敢問殿下有何不滿！」

「……不，無虞就好。感謝你特來助陣。我要你陪在身邊一同衝鋒，拜託你了。」

李奧看了看福洛迦堅毅的眼神，就笑著這麼告訴他。

我想對方有一瞬間已經做了被逐出隊伍的心理準備吧。福洛迦詫異似的睜大了眼睛，然後立刻大聲答話：

「是，殿下！請容老夫為您施展全副武藝！」

「我會期待那一刻。」

像這樣陸續集結的東部騎士超過了三千人。要說是烏合之眾固然沒錯，但他們會來參戰並非奉他人之令，而是出於自身意願，因此士氣高得驚人。

目睹這一幕，我放心了。

這樣的話應該就沒有問題。

「席瓦，感謝你的協助。」

「我只是以冒險者的立場為民眾著想，才採取了行動。何況要道謝還早，等你拯救了基爾再客套吧。那麼，我先走一步。」

話說完，我就朝著基爾進行瞬移。

瞬移後的我在高空目睹了驚人無比的光景。

5

「我好怕……！」
「不要緊的喔，皇女殿下。騎士們立刻就會來了。」
菲妮在屋邸這麼安撫葵絲妲，還溫柔地摸了摸她的頭。
而菲妮這裡來了一群表情為難的侍女。
「菲、菲妮大人……呃……」
「出了什麼狀況嗎？」
「是這樣的……有許多領民要求進屋邸避難……」
奉皇帝之令，目前領民們一律禁止踏出家門或旅店。
然而，應該是因為近郊發生了戰鬥，使得領民們在不安下想躲進看似安全的屋邸。
菲妮並沒有斥責他們這樣的舉動。
「領主夫人呢？」

「她說自己不便做主，所以要請葵絲妲皇女和菲妮大人拿主意……」
「這樣嗎……殿下，請問您想怎麼辦呢……」
「……我不曉得……可是，我好怕……」
不安使得葵絲妲緊緊地揪住菲妮的衣服。
菲妮回握她小小的手，並且勸導似的答話。
領主正與皇帝一同作戰。因為夫人已將決定權交讓出來，目前就要以葵絲妲的意見為優先。
「原來如此……那麼，您要對有著同樣心境的人們見死不救嗎？」
「那樣……不可以……」
「為什麼呢？」
「……皇兄會生氣。」
「是啊，沒有錯。那麼就讓老人、小孩、病患優先進來屋邸吧。儘管屋裡會變得吵雜，請問您介意嗎？」
「不要緊……」
「我要離開一下，您也不會介意吧？所有人內心都是不安的，我得去安撫大家。」
「……嗯……」

雖然葵絲妲臉上寫著不要，菲妮仍笑著讓她坐到椅子上，把現場交給侍女伺候。

然後菲妮走向屋邸的入口。

在那裡有留守的少數士兵拔了劍對著民眾。

「快回家！你們不聽陛下的命令了嗎！」

「拜託！讓我們進去！」

「你這刁民！」

「都給我住手！」

在隨時一觸即發的狀態中，菲妮斷然喝止了士兵們。

立場上，菲妮固然是公爵的女兒，但她本身兼具蒼鷗姬的盛名，還由皇帝親自賦予了同等於皇族的待遇。

菲妮在現場的發言力可比皇族，因此士兵們都立刻放下手裡的劍，向她下跪。

「菲、菲妮大人……」

「你們拔劍的對象不該是人民。我可有說錯？」

「是的，正如您所言。是我們失職了……」

對士兵答話感到滿意的菲妮看了聚集在門前的民眾。

其數目不下一兩百人。

當中有平民，也能看到來旅行的貴族、商人的身影，每個人臉上都浮現不安之色。

「我是菲妮・馮・克萊納特，或許用蒼鷗姬稱呼，大家會比較熟悉。」

菲妮說著就指了藍色海鷗造型的髮飾。

那是皇帝所賜的絕世美女證明。

民眾了解到她就是皇帝當成親女兒般寵愛的公爵千金，就一起下跪了。

然而在這當中，有一群青年撥開民眾上前。

「噢噢！菲妮小姐！是我！我是吉多！」

對菲妮來說，那是她最不想聽見的嗓音。

對方跟艾諾特是童年玩伴，還做出了毆打艾諾特這種讓菲妮無法容忍的行為。吉多・馮・霍茲華特帶著跟班認出菲妮，便露出了笑容。

自大得撥開民眾，對自己能進入屋邸內深信不疑。既沒有上陣作戰，還只顧待在安全的地方作威作福的德性。

菲妮看到吉多這樣，就覺得自己體內流的貴族血統受到了玷汙。

父親從未讓她冒出這種觀感，就連遊手好閒的哥哥也不會在危急之際只求自保，因為那會讓貴族喪失存在意義。

所作所為有其可貴之處才叫貴族。

所以菲妮對吉多不予理睬。

「屋邸會優先收容小孩、老人及病患，身強體壯的人請盡可能待在大型建築物，合力守住門口。海嘯是怪物大舉遷徙的現象，牠們的目的並非危害人命。萬一有怪物入侵基爾這座城市，靠著拖時間還是能應付過去。若各位能理解這些，我們就會開門。」

「菲、菲妮小姐？是我啊！我是吉多！難道妳忘了嗎？」

「我對您印象很深呢，霍茲華特公爵家的吉多大人。」

「哎，幸好。那妳能不能讓我進去？」

面對那說得好似理所當然的態度，就連菲妮也被惹火了。

若是顧慮到艾諾特，在此應該要將吉多接到屋邸內比較好，跟他作對並無意義。

可是，菲妮沒有那麼做。因為她覺得那並不合乎艾諾特的心意。

所以——

「請你要懂得羞恥！既沒有跟皇帝陛下一同作戰，還只顧自己想待在安全的地方，請你重新審視自己是什麼德性！難道你都不覺得愧對替霍茲華特公爵家樹立典範的先人嗎！」

「啥……！妳這女的！把我當什麼人！」

「你是誰都無所謂。屋邸會收容的是小孩、老人和病患，其餘人等請移駕別處。這是葵絲妲皇女殿下做的決定。假如還要浪費更多無謂的時間在這上面，日後幾位大可向皇帝陛下投訴討回公道。不過到時候哪邊會受罰，我倒覺得一目了然！」

「唔……！少得意！妳就仗著有李奧納多在後頭撐腰！給我記住！這件事情我絕對不會跟妳善罷干休！」

吉多說完便帶著跟班從現場離去。

目送吉多等人離開的菲妮深深地嘆了氣，然後露出柔和笑容命人打開門。

而民眾目睹菲妮那副模樣，就自動自發地互相呼籲，只讓小孩、老人和病患進屋邸，其他人則去了別的地方。

優先收容完民眾以後，菲妮令屋裡的傭人用家具堵住屋邸的出入口。

「請你們盡可能將門口封緊！怪物來的時候要由大家合力抵住門！能讓牠們死心改變行進的路線就好！」

「是！菲妮大人！」

「菲妮大人！葵絲妲皇女殿下找您！」

「我馬上就去。各位，用不著害怕喔。騎士們必定會來的。」

菲妮像這樣對進入屋邸的民眾信心喊話，並且盡可能表現得開朗。

她認為起碼自己要保持笑容才行。實際上，她能做的只有這點事情。

菲妮身為公爵家千金，對魔法亦有心得，但就算擅長使用回復魔法，能夠用於戰鬥的魔法就一竅不通了。

她無法像愛爾娜那樣轟轟烈烈地作戰。

對此菲妮感到有愧。畢竟她是希望能幫上忙才會離開領地，卻一次也沒有幫到艾諾特的忙。

而對菲妮來說，陪伴葵絲妲是艾諾特第一次交代她的工作。正因如此，她心想無論發生什麼事都不能離開皇女身邊。

「要拿到笛子才行！有好多怪物要來了！」

目睹葵絲妲哭喊，菲妮想起了某件事。

她之前不小心在門外聽見了艾諾特和葵絲妲的對話。

葵絲妲說過基爾這座城市會被怪物包圍。實際上，狀況照著發生了。

既然艾諾特也認真聽進去那些話，菲妮認為當中自有某種根據，所以她把葵絲妲緊緊擁入懷裡。

「皇女殿下，不要緊的。如果您要找笛子，請讓我代勞。能不能告訴我要如何取得呢？」

「不行……妳會死……」

「不要緊，因為我是運氣好的女人。再說有危險的話，艾諾大人會來救我的。」
「……真的嗎？」
「是啊，千真萬確。所以請您告訴我，笛子在什麼地方呢？」
「……我看見它掉在鐘塔……那就是原因……」
「我明白了。那由我去拿回來吧。」
菲妮說完便不聽侍女們的勸阻，逕自前往位於城鎮中央的建築物，亦即鐘塔。

■■■

位於基爾街上的鐘塔規模與其他城市不同。
高達數十公尺的那座鐘塔是基爾城內的觀光名勝，更是寶貴的觀光資源。
而菲妮正一邊喘氣一邊爬上那座鐘塔。
另一方面，上空則有愛爾娜跟薩姆與汀恩戰得旗鼓相當。
「嘖！煩人！」
汀恩放棄用正攻法對付愛爾娜。合兄弟倆之力並非打不倒她，可是太花時間。
他決定趁現在改出陰招。

汀恩拿出了操控怪物的魔笛「哈梅倫」。只要用這玩意兒增加怪物，愛爾娜身為騎士就非得分神保護皇帝。

這樣的話，汀恩他們便可以坐山觀虎鬥。

有意召來更多怪物的汀恩拿起哈梅倫就口，憑直覺感到不妙的愛爾娜就出手攻向了汀恩。

「你休想！」

「唔！」

汀恩立即閃躲，哈梅倫卻脫手掉到了基爾街上。

汀恩見狀急忙追過去。

「糟糕！」

「你給我站住！」

笛子並不是汀恩的東西。那是與他們合作之人交給汀恩的。汀恩他們這次就是利用那東西，想出了把卡洛士拖下水的計謀。

然而，與他們合作之人交代過，東西一定要銷毀。那是他們跟合作者講好的。

萬一沒有合作者協助，即使這次能存活也難以脫逃。確實將笛子銷毀，連帶就能讓汀恩他們保命。

所以汀恩拚命追了過去。愛爾娜看到汀恩那樣，也覺得重要性非同小可，跟著要追回笛子。

雙方於空中屢次衝突，其間笛子仍繼續下墜。

於是在掉到鐘塔時，有隻白皙的手從中伸出接住了笛子。

「唔！」

使勁過頭的菲妮差點墜樓，她勉強穩住了身體才成功停留在鐘塔。

接到笛子隨即讓她鬆了口氣，愛爾娜的尖銳聲音卻立刻傳來。

「快逃！菲妮！」

當菲妮警覺而抬頭時，汀恩發出的魔力團已直接命中鐘塔頂部。

那導致菲妮失去立足點，直接摔了下去。

然而，菲妮無視了這一點。

她從最初就覺悟會有危險了。正因如此，菲妮把笛子扔向朝這裡趕來的愛爾娜。她看著愛爾娜訝異似的接住笛子，於是笑了笑。

「啊啊……我幫上忙了。」

「臭丫頭！」

汀恩怒不可抑，就將魔力團朝墜樓的菲妮砸了過去。

菲妮在半空中沒有方法能閃躲逼近的魔力團。

「菲妮————！」

愛爾娜的呼喊迴盪開來。

菲妮一邊將艾諾特託付給愛爾娜，一邊悄悄地閉了眼睛。

眼睛閉上的瞬間，天空深處似乎有什麼發出亮光，但是菲妮沒有餘裕在意那些。

菲妮做好覺悟閉上眼睛，想像中的疼痛與衝擊卻沒有來到。

她反而感受到溫暖。

戰戰兢兢地睜開眼睛以後，菲妮發現自己被戴著銀面具的冒險者抱在懷裡。

菲妮訝異得說不出話。之前她告訴葵絲妲會有人來救她，是為了讓葵絲妲放心，萬萬沒想到真的有人來救她了。

在如此的情況下，還有人跟菲妮一樣驚訝。

是汀恩。

「居然能抵銷我的魔力彈……你這傢伙是什麼人……？報上名來！」

「……隸屬於冒險者公會帝都分部，ＳＳ級的冒險者席瓦……我來這裡是要討伐你們倆。」

特徵明顯的銀面具與黑斗篷。

號稱帝國史上最強的冒險者現身了。

6

瞬移到上空的我看見了愛爾娜與疑似吸血鬼的兩人組正在交戰的光景。

坦白講，光是這樣不會讓我感到訝異。

我訝異的是菲妮在交戰處附近。

爬上鐘塔的菲妮一直在窺伺上頭。

而且，當愛爾娜從一名吸血鬼手上將笛子打飛以後，菲妮見狀就使勁伸出手把笛子接住。

目睹這一幕時，我已經採取了動作。

我用最快的速度迫降。能施展的魔法統統祭出，如流星一般朝菲妮的所在處趕去。

笛子遭搶的吸血鬼摧毀鐘塔，菲妮被甩到外頭。

那一刻，菲妮並沒有伸出手求救，而是把笛子拋給愛爾娜。

墜樓的菲妮顯得一臉滿足。這令我反感到無法忍受，我進一步加速。

「臭丫頭！」

吸血鬼發出魔力彈。

在即將命中菲妮的瞬間。

我彈開那顆魔力彈，並且在空中將菲妮擁入懷裡。

扎實的溫暖觸感讓我寬心。趕上了，我救到她了。

或許這是我近期內最焦急的一次。

而且……我也很久沒有感到這麼不爽了。

「居然能抵銷我的魔力彈……你這傢伙是什麼人……？報上名來！」

「……隸屬於冒險者公會帝都分部，ＳＳ級的冒險者席瓦……我來這裡是要討伐你們倆。」

我含著怒火靜靜地告訴對方。

那是宣誓。意思是我絕不會放過他們。

「席瓦……大人……？」

「……妳別逞強。」

「對不起……我又貿然行事了……」

「……有話之後再說。不過……妳幹得好。剩下的交給我吧。」

我輕輕地摸了菲妮的頭，她便微微地臉紅了。
我讓害羞的菲妮降落在地面，然後看向天上的吸血鬼。
在吸血鬼當中，只有兩個人會策劃出這麼大規模的犯罪行動。
身為吸血鬼卻被冒險者公會懸賞的吸血鬼異端。S級懸賞對象，薩姆與汀恩兄弟。
「席瓦大人！祝您武運昌隆……」
「嗯，包在我身上。」
回答完以後，我就迅速騰空。
提高警覺的薩姆和汀恩兩人都凝視著我。
這也難怪。成為SS級冒險者的條件就是打倒S級怪物。換句話說，這表示我在過去打倒過實力與薩姆和汀恩同等或更強的對手。
「竟然會有SS級冒險者出面……令人吃驚。」
「可惡~~！一個接一個冒出來，你們麻煩死了！別來干擾哥哥的計畫啦！」
嚷嚷的矮個子是弟弟薩姆吧。
這表示實力比較強的吸血鬼是哥哥。
「我也一樣感到吃驚。你們被懸賞以後始終很安分才對。畢竟一有動作，SS級冒險者就會出來幹活。之前你們不是都提心吊膽地過日子嗎？」

「少瞧不起人！我們只是在等候機會！」

「但是，你們已經錯失機會了。怪物被奮戰的守備隊與騎士擋下，然後我來了。你們的計畫就此告吹。」

「哼！你自以為贏了嗎？笛子被奪走了，那又如何？怪物依舊多得很，只要打倒你和勇者，贏的就是我們！」

講什麼鬼話啊，這兩個傢伙。

難道他們想同時對付我跟愛爾娜？

我訝異地看向愛爾娜，然而愛爾娜也擺著一副不是滋味的臉。

「被看扁了呢。明明你們有兩個人才勉強跟我打成平手。」

「是妳看扁我們！我們倆還沒有動真格！」

「既然如此，認真給我看啊！我會本著奧姆斯柏格之名殲滅你們！」

「不，愛爾娜·馮·奧姆斯柏格，抱歉在妳奮發時打岔，但是這些傢伙要由我來收拾。」

我如此告訴舉劍帥氣地指向敵人的愛爾娜。

於是，愛爾娜把目光轉向我。

她蹙起眉頭，還用一副難以置信的表情狠狠瞪我。那已經不是女生該有的臉了。

「席瓦？莫非是我耳朵不好？剛才你那麼說，聽起來像是要搶我的獵物耶。」

「我不記得自己有用過那樣的說詞，妳的耳朵似乎真的不好。騎士就該去保護皇帝，這兩個傢伙交給我對付。」

「你還說！內容還不是一樣！你才該退下！我從一開始就在對付這兩個傢伙！」

「可是皇帝身邊似乎無人護衛喔。」

「命令我對付他們的正是皇帝陛下喲！我斷然不會退讓！更重要的是！這兩個傢伙講了我最討厭聽到的話！我已經決定非砍了他們不可……你給我退下。小心我連你一起砍喔。」

恐怖。

看她簡直氣炸了嘛。對方講了什麼啊？受不了。

我倒希望愛爾娜能去支援李奧那邊。

「哈！真有閒情逸致。勇者和ＳＳ級冒險者才湊到一塊，就得意起來了。你們曉得戰力頂多平手而已嗎？」

「平手？我可覺得你們倆完全落於下風耶。」

「席瓦，難道你看不清底下的戰況？皇帝好像隨時會陣亡喔。你旁邊的勇者似乎一心只想著要跟我們兄弟倆鬥，不如由你下去助勢怎麼樣？你是隸屬帝國的冒險者，就該以皇帝為重吧？」

底下的戰況確實處於劣勢。

我們其中一方下去助勢應該會比較好——照目前的狀況來說。

但是，這傢伙犯了嚴重的錯誤。

「我隸屬的並非帝國，而是公會。冒險者的工作是保護大陸全土民眾，但我們並沒有義務要保衛國家。國家並沒有付錢給我，坦白講，皇帝的死活與我無關。」

「什麼？」

「不希望皇帝戰死的話，大可讓其他人去保護他。我要保護的是這座城市的民眾，而不是特權階級。我要保護的是這個國家的人民，而不是這個國家。照理說，這個國家存在著向人民收取稅金，並藉此保有地位的一群人。保衛帝國正是那些帝國皇族還有騎士的差事。當下，那些傢伙若是不能發揮效用，便沒有存在的價值，所以我不會跟他們搶工作。」

「不跟誰搶工作？」

汀恩似乎對我的用詞抱有疑問。

而他的疑問立刻得到了解答。

基爾城郊南方。

怪物多得如山如海，一旁卻傳來大地被踏平的聲響。宛如轟雷的那陣聲響越來越大，接著在一名皇族出現之後便停歇了。

「那是……？」

「眾騎士們啊！第八皇子李奧納多·雷克思·阿德勒在此號令！保衛基爾城！跟我上！」

李奧說著便英勇地帶領數千名騎士展開衝鋒。

突然出現的騎士團讓怪物們措手不及。

薩姆和汀恩想出手阻止，但是愛爾娜和我分別擋到了他們面前。

「席瓦，不然這樣吧，那邊交給你，這邊的我要嘍？」

「這是個好主意。可以接受。」

彼此挑好目標的我們一舉進入備戰態勢。

底下有李奧率領的騎士團如洪流般將怪物們衝散。興奮狀態的怪物只看得到前面，被從旁突擊便無力招架。

哎，騎士團遲早會被視為威脅而遭受怪物反擊吧，不過暫時應該撐得住。

而我要趁機收拾這兩個傢伙。

基爾防衛戰就此迎接最終局面。

■■■

「唔！就憑你這種人類！」

汀恩一邊移動一邊發出無數的魔力彈，而我追著他予以還擊。

天上有如施放煙火般光彩奪目。

那副景象似乎讓汀恩心生焦躁了。

實際上，這兩個傢伙跟愛爾娜交手時好像並沒有認真，如今力量明顯有所增長。他們恐怕也有考慮過逃跑，但是因為迫不得已才動了真格吧。

汀恩露出身為吸血鬼特徵的尖銳獠牙，朝我接近。

看來他判斷靠魔力攻擊會沒完沒了。不愧是戰鬥老手。

「嘖！」

咂嘴的我以魔法迎擊，汀恩卻華麗地躲開。

我只好設法將距離拉開，卻被汀恩早一步來到跟前，痛毆我的腹部。

「唔！」

「哈！怎麼啦？ＳＳ級冒險者！」

「少囉嗦！」

我為反擊發出的魔法被汀恩躲開，而他繞到了我背後。

心想不妙的我轉為用魔力保護身體。

汀恩將交握的雙手朝我猛然揮下。

我感受到好似被榔頭重轟的一記衝擊，摔到城裡的大街上。

「好痛！居然什麼爛招都用上了……」

「怎麼啦？你對認真的我似乎就束手無策了嘛。」

「搞什麼嘛！對方沒有多厲害吧！你是在放水嗎？你有放水對不對！你以為那樣的風格很帥嗎？那樣有夠矬的啦！」

我遭到對方挑釁，還莫名其妙地被自己人罵。

受不了，當個冒險者也不輕鬆。

然而，我樂於承受這點苦。

我所重視的弟弟還有為了我弟被牽連進來的騎士們；明明我能以席瓦的身分立刻趕來卻沒有趕到，使得為了讓我方在帝位之爭得利，被迫打硬仗的守備隊士兵們——

還有待在這座城市的民眾。

為了他們所有人，這點苦根本不痛不癢。

但是，我這一肚子火差不多也忍到極限了。

「哼！之前怕被你們這種貨色騷擾而躲躲藏藏真是愚蠢！人類的能耐終究有限！」

「你們果然是躲著啊。可見吸血鬼的格局也就如此。」

話一說完，我就若無其事地爬了起來。

我身上沒有傷口，當然也沒有受創。

汀恩為之驚訝，但是他似乎馬上就察覺周圍狀況有異。

「唔哇啊啊啊！我的手臂！奇、奇怪？」

「好痛！好痛……傷自己好了？」

在基爾城牆作戰的守備兵自然不說，由李奧率領朝大群怪獸展開突擊的騎士團也一樣。

從我現身以後，現場就沒有任何人戰死。

因為即使受了傷也會立刻痊癒。

「你這傢伙……！難不成你是一邊設治癒結界，還一邊跟我鬥！」

「算講對了一半。」

我設下的不只是治癒結界。

我在抵達時就設好治癒結界，並且一面維持結界運作，一面著手準備別的魔法。

而準備已經完成了。

「我是一邊設兩道結界，一邊跟你鬥。雖然說，另一道結界剛剛才完工。」

在我如此開口的瞬間。

有巨大的魔法陣浮現於基爾全城，而且從中冒出了大量鎖鏈將汀恩與薩姆捆住。

「啥！玩這種把戲！」

「混帳！把這解開！」

「憑你們是沒辦法解除的。古代魔法，咒鏈結界。被捆住的人將受到詛咒而弱化。

那麼……你們倆，做好覺悟了嗎？」

竟敢在我忙東忙西時放肆打人。

處罰的時間到了。

7

鎖鏈持續增加。

這代表弱化的詛咒也在持續增加。

逮到他們倆以後，我緩緩浮起騰空。如此一來，這些傢伙就比螻蟻還不如了，只剩殲滅他們而已。

「吸血鬼強在其莫大的魔力，壽命長歸長，剔除魔力不談，肉體的強度就與人類相去無幾。換句話說，只要封鎖住魔力就不足為——」

「欸！你等一下！這些鎖鏈也會追著我耶！」

「……」

人家好不容易可以耍帥，真受不了這女的。

轉眼望去，鎖鏈確實在追愛爾娜。大概是我要它們自動捕捉對我有敵意的人所致。話說為什麼逮不住她？這女的真的是人類嗎？魔法應該是在完全出其不意的情況下發動的耶。

「抱歉。這是我要它們捕捉對我有敵意的人所致。」

我用目光攔下鎖鏈，氣喘吁吁的愛爾娜就一臉凶狠地朝我瞪過來。

我對此嗤之以鼻，愛爾娜便滿臉通紅。

「我說你啊！想用鎖鏈捆住自己人是有什麼毛病！」

「鎖鏈對於把我當自己人的友軍不會起反應，單純是妳對我敵意太深。基本上，像我這麼矬的人所用的鎖鏈，對妳來說算不了什麼吧？」

「你喔！這是在記恨我剛才說的話，對不對！未免太小家子氣了嘛！我明明是擔心你被敵人修理才講的！」

「原來妳擔心人就會破口大罵啊。妳身邊的人可真辛苦。」

愛爾娜的臉變得紅通通了。不用說，她已經被我氣壞了。

雖然愛爾娜那模樣有趣得讓我想再多戲弄一番，不過先來的客人正在等著。

「抱歉，顧著應付野丫頭勇者，不小心就耽擱了。我剛才講到哪裡？啊，是講到只要封鎖住魔力，吸血鬼就不足為懼。」

「臭小子！竟敢侮辱我們！」

「把這解開！只要這玩意兒一解開，我有的是方法宰掉你！」

「想解開的話就靠自己，量你們花一輩子也辦不到。那麼……懺悔的時間到了。有什麼遺言要說嗎？」

我說著就開始將大量魔力聚集在雙手。這是為了施展跟之前截然不同的魔法。薩姆還有汀恩看到我這樣，都冒出冷汗了。

「慢、慢著……！你跟我們並沒有怨仇吧！放過我們的話，我可以奉上謝禮！」

「怨仇嘛……倒不是沒有耶。」

方才要加害菲妮的是汀恩。回想起當時的怒火，我就可以殺這傢伙幾千遍。

要加害菲妮是事實，讓她遇險也是事實。縱使菲妮實際上並沒有受傷，光是如此便值得我對這兩個傢伙處以極刑。

「我、我們對你做過什麼？你並不是受了公會委託過來的吧！要討伐我們的話，應該先接下公會的委託再動手比較好啊！」

「人類很複雜的，你不會知道是因為哪件事情而招怨。再說公會固然沒有發出委託，但我是冒險者，這項事實無論到哪裡都不會改變。不管有無委託，我都有義務保護大陸全土民眾不受怪物的威脅。」

「我、我們可不是怪物！」

「公會已經認定你們是怪物，再說你們做的事跟怪物也差不多吧。來，還有其他話要說嗎？如果你們招出受了誰的命令，或許旁邊的勇者會幫忙阻止喔。」

我說著節節提升魔力。

準備施展的攻擊無論怎麼想，殺傷力都明顯過頭。他們倆應該都曉得死定了。

可是，儘管薩姆和汀恩嚇得皺起臉卻依舊不肯招。

不知道這算講義氣，還是主使者真有那麼恐怖。我不認為這兩個傢伙會有忠誠情義，想必是後者。足以讓S級懸賞目標生畏的幕後黑手嗎？對方究竟是誰？

「快點吐實。不講的話，我一劍殺了你們喔。」

「我、我們是有尊嚴的吸血鬼！才不會屈服於妳這種人類！」

「是嗎？那就來做個了結吧。反正我也做好準備了。」

最受這句話驚嚇的人是我。那兩個吸血鬼似乎沒有察覺，但是愛爾娜會提到準備大概就只有那一招。

「愛、愛爾娜・馮・奧姆斯柏格！妳該不會是打算召喚聖劍吧！」

「是又怎樣？」

「由我出手就夠了！妳想毀了整座城嗎！」

「我會拿捏威力，沒事的啦。多虧某人插手制服了我要對付的目標，我才能毫無後顧之憂地進行召喚。」

「喂，妳……」

「我可是奧姆斯柏格家的人，為帝國誅討敵人是我的使命，才不會讓給你！」

愛爾娜說著就將右手高舉向天。隨後——

「聽聞呼喚，即當應聲降臨！輝煌星劍！此刻，勇者需要汝的助力！」

白光從天而降。

那道光被愛爾娜一手接住，沒多久白光就轉淡散去，幻化成銀亮的細劍。

五百年前，勇者於打倒魔王之際所用的傳說聖劍——極光（Aurora）。相傳以流星鍛造的那把劍能夠斬斷萬物，不容任何魔魅存在。

過於巨大的力量受到初代奧姆斯柏格勇爵封印，據說唯有具備天資之人方能召喚。能召喚這把劍，就表示擁有擔任勇者的資格。

而愛爾娜年僅十二歲時就當眾召喚成功了。神童之名由此而來。

「唔！」

不愧是打倒魔王的聖劍，光存在感已讓人備受威迫。

像愛爾娜這等實力的人，單憑這把劍就所向披靡。這也是奧姆斯柏格家令他國戒懼的緣故。只要召喚出這把星之聖劍，連軍團都會被一招擊潰。話雖如此，以往召喚用來對付軍團的例子倒是寥寥無幾。

畢竟聖劍被召喚出來的狀況本身就不多，會因為發火就召喚聖劍來用的頂多只有愛爾娜。

「好啦……你們覺悟吧。」

「受不了……不然那一邊的交給妳了。」

「哼！他們倆本來就是我的獵物，是我分了一邊給你！」

「唉，就當作是這樣啦。」

對愛爾娜讓步的我開始唱誦。之前我都沒有用到唱誦，不過要確實葬送敵人，以唱誦讓魔法威力達到巔峰再施展才是最佳方式。

〈我乃篡奪者．由冥府深淵奪來昏黑．其昏黑勝於幽闇．其昏黑比夜深邃．闇黑開天．漆黑滅地．萬物源於昏黑．萬物歸於昏黑——無垠黤黮。〉

巨大的黑色球體浮現在我頭上。

彷彿要對抗那片將一切吞沒的黑，愛爾娜舉起的聖劍發出了白色豪光直升天際。

黑與白；闇與光。

兩種屬性的攻擊絕不互容，承受招式者卻只有一致的末路。

我們調整出招的方向。畢竟要出大招，乾脆就連怪物一起轟散比較輕鬆省事。李奧他們剛好穿過了怪物大軍，正在準備再次突擊。

乍看之下，大群怪物當中並無人影。

不過，我姑且喊了一聲。

「還待在大群怪物中的人趕快逃！」

「我不敢保證不會殃及無辜喔！」

我們兩邊如此呼籲。李奧他們大概是看情勢不妙，全體人員都跟怪物們拉開了距離，連登上城牆的那些守備兵都開始逃竄。

另一方面，成為標靶的眾多怪物只是茫然仰望著天空。

當中應該也有原本並不會危害人類，只求苟活的怪物吧。不過，原諒我。雖然說牠們是受人利用，既然對人類伸出了爪牙就不能放過。

如同對方為了保護同伴而攻擊人類，我們也得為了保護人類而戰。

我在內心的謝罪僅止於此，對眼前的兩名吸血鬼沒什麼好賠罪。

「來吧……咬緊牙關。」

「懺悔吧！」

「噫噫噫噫噫噫噫！」

「唔哇啊啊啊啊啊啊！」

黑色球體將汀恩吞沒，還把大群怪物直接吞入其中。

愛爾娜的聖劍也將薩姆吞沒，更把大群怪物直接吞沒。

接著兩道力量較勁似的互相抵銷殆盡，沒多久便什麼也不剩了。

沒有人為勝利歡呼。瞥眼看去，皇帝正傻眼地望著這裡。大概是我們下手太重吧。

唉，也罷，反正會挨罵的只有愛爾娜。啊，對了對了。

「皇帝陛下！雖然這次我是以個人立場出手……若您學到了教訓，往後最好別太輕視冒險者公會的存在。」

「呵……我知曉了。感謝你的協助，席瓦。」

這樣公會方面也掛得住臉，就不會拿這件事針對帝國作文章吧。

我對皇帝行禮以後，便準備施放瞬移魔法。

而愛爾娜在這時叫了我。

「席瓦。」

「怎麼？妳還有什麼要抱怨嗎？」

「是啊，可多了。不過，現在我先不跟你計較。這次讓你幫了大忙，尤其要謝謝你出手救了菲妮。因為她……跟我的青梅竹馬是朋友。」

「妳提到的青梅竹馬，是指廢渣皇子嗎？」

「我說你喔……講出那個字眼的吸血鬼剛剛才被我消滅耶。愛惜生命的話，就給我把話收回去。我的青梅竹馬可是最傑出的皇子，不許你在我面前瞧不起他！」

愛爾娜說著就用聖劍指向我。

她眼神是認真的。

為了我的名譽，愛爾娜似乎認真想跟ＳＳ級冒險者一戰。

而我對愛爾娜苦笑，並開口更正。

「我願意賠罪。既然妳肯把話說到這個分上，叫他廢渣皇子確實是失禮的。不過，我同時也對他感到同情。有妳這樣的青梅竹馬，他應該也受了不少罪吧。」

「啥！」

「容我失陪。」

話說完，我趕在愛爾娜的怨言傳來之前瞬移了。

於是我抵達有瑟帕等著的房間，然後鞭策無力的身體將面具與斗篷脫下。

「辛苦您了。茶已經備好在這裡。」

「謝謝……不好意思……」

「您累壞了吧。」

「是啊……實在很吃力……」

連續施展瞬移魔法，再加上治癒結界、咒鏈結界還有最後的攻擊魔法，除此之外還用了相當大量的魔力。坦白講，我的魔力已經接近見底，體力也是。

「我累了……好睏……」

「請交給我善後。」

我喝了點茶，接著就在椅子上打起瞌睡。雖然我想設法躺上床，身體卻動不了。

而瑟帕在我耳邊用溫柔的語氣說道：

「真是辛苦您了。這一仗打得漂亮，艾諾特大人。」

「這樣啊……那我休息也不會挨罰嘍……」

不知道上次被瑟帕誇獎是什麼時候的事了。
我如此心想，在舒適的淺寐中放開了意識。

8

騷動發生後過了三天。
皇帝的兒女當中，最後一個抵達基爾城的人是我。
儘管其他兒女沒有趕上防衛戰，仍然不停地跟騎士一同趕路，因此當天晚上似乎就全員到齊了。
「您又要被瞧不起了呢。」
「隨他們高興就好。隨便啦。」
我和瑟帕談著這些，在屋邸前下了馬車。
於是難得有幾個人來為我接風。
「皇兄……！」
「哎呀，葵絲妲，怎麼了嗎？」

「之前我好怕……」

跟平常一樣帶著兔子玩偶的葵絲妲碎步趕來，撲到我懷裡。而我摸了摸葵絲妲的頭以後，就牽著她往前走。來接我的有菲妮和李奧，另外——

「歡迎回來，艾諾。」

「歡迎您歸來，艾諾特殿下。」

「嗯，我回來了。」

愛爾娜帶了她的那些部下列隊迎接我，看上去都沒有人受傷。我對此鬆了口氣，並轉向李奧那邊。

「愛爾娜他們能趕到算是理所當然，虧你來得及回防啊？」

「有席瓦協助我們。」

「不愧是ＳＳ級冒險者，他還真會做人。」

「艾諾，你說那男的有哪裡懂得做人？」

愛爾娜露出看似不滿的臉色。對此我聳了聳肩回答：

「他不是伸出了援手嗎？援救帝國。」

「一時興起啦，像他那種作風，我看得出來。」

「就算是一時興起也好啊。反正大家都得救了，妳說對不對，葵絲妲？」

「嗯。」

「妳看吧。」

「唔，你串通葵絲姐殿下的意見，這樣很詐耶！」

我們一邊談著這些一邊走進屋邸。

途中，我跟菲妮目光相交，她便婉約地回以微笑。大概是表示自己的事可以排在後面吧。我做出有利於己的解讀，陪著不肯放手的葵絲姐走在屋邸裡頭。

因為父皇已經告知等我一抵達就要舉行會議。然而——

「歸來得真晚，艾諾特，你都在做些什麼？」

「這可不是埃里格皇兄嗎？由於隨行的騎士不在，我都在等人迎接。我為自己晚到一事致歉。」

「不用跟我道歉。你心裡根本不覺得慚愧吧？」

戴眼鏡的藍髮男子，第二皇子埃里格擋到了我們面前。

隔著眼鏡依舊目光犀利。他那種眼神，彷彿在判斷自己以外的一切有無價值。葵絲姐大概是怕他的目光，就躲到我後面。

「我有啊，多多少少。」

「是我用詞有誤。你並不覺得愧對我們吧？你就是這種人。」

「唉，要這樣講也對。我不覺得慚愧，因為我並沒有給你添麻煩。」

我只會對親近的人感到慚愧，面對含埃里格在內的其他兄弟，甚至父皇都不會讓我有愧。而我的回答讓埃里格笑了。

「艾諾特，你果真有意思，先派愛爾娜回防是明智之舉。下次你也要一樣靈光。只要你連同李奧納多對我有價值，我就不會虧待你們。」

「你的口氣簡直像自己稱帝了耶。」

「我就是下任皇帝。你們自然不用說，哪怕戈頓和珊翠菈再努力也改變不了這個事實。給我好好記著。」

埃里格說完就掃視我們一眼，然後將視線停在李奧身上。

李奧直直地承受了他的視線。沒錯，沒什麼好怕，就算對方是埃里格也一樣。

「你可別得意過頭。」

「我會銘記在心，埃里格皇兄。」

埃里格轉過腳步先走向屋裡，反觀我們一步也不動。

剛才那是在宣戰。

這次，我們倆可說合力立下了功勞。我搶先派愛爾娜回防，李奧則率領騎士趕到。

即使有席瓦另外提供助力，有功便是有功。埃里格做出了宣言，只要我們兄弟倆敢藉機出頭，他就會把我們鬥垮。

終於連下任皇帝的頭號人選也無法忽視我們了。話雖如此，僅止於警告吧。那個人不可能會單純到直接出手把我們打垮。等我方勢力壯大，埃里格想必會使計讓戈頓及珊翠菈來跟我們互相消耗。是我就會那麼做。

「皇兄……」

「怎麼了？葵絲妲，妳會怕嗎？」

「放心吧，我不會讓他對葵絲妲做任何事，要動我們更是別想。」

我們對點點頭的葵絲妲苦笑，一面又往前走。

「對了，李奧，假如父皇這麼問你，你要這樣回答他。」

而在途中，我用耳語對李奧提到了某件事，這使得李奧睜大眼睛。然而，我再三向他囑咐。

「懂了沒有？」

「真的不要緊嗎？」

「是啊，能發言的只有你，而且這也會幫到那個人。」

■■■

父皇在騷動過後仍特地留在基爾，指揮東部的復興工作。話雖如此，那只是檯面上的說詞。海嘯造成的災情並不大。

父皇在做的是調查這次騷動與誰有關。

而且他的調查應該有了進展，所以才會等我抵達，並且把兒女和近衛騎士都召集過來。

「諸位，辛苦了。」

如此開口的父皇臉上明顯有疲倦之色。明明已經不年輕了卻還親赴戰場，之後又毫不休息地一連工作好幾天，會累是當然的，何況他應該也得知笨兒子和一連串的騷動深有關聯了。

「這次召集你們，是因為你們有知的權利。接下來要談的事不可張揚。昨天晚上，傷勢嚴重的卡洛士醒了。而且亮出幾天以來蒐集的證據之後，他已承認自己與吸血鬼兩人組有所勾結。卡洛士跟那兩名吸血鬼講好，要利用對方持有的笛子狩獵怪物，在慶典奪得第一。而且當卡洛士趕到基爾時，那兩名吸血鬼就會撤退，交換條件則是要解除對他們倆的懸賞。實在愚昧至極！」

「您的意思是……整件事從怪物出沒算起，全都是卡洛士策劃的？」

「正是如此。精確來講，他只是受了吸血鬼利用，然而讓為父的遇險自不用說，他為求自身的利益還殃及帝國全土，其罪過不可饒恕！」

如此說道的父皇眼裡充滿血絲。這口氣應該相當難以嚥下吧。

然而，埃里格卻對父皇屈膝懇求。

「皇帝陛下，還請您從輕發落。卡洛士固然愚昧，但他仍是我的弟弟。」

假惺惺的演技。而且戈頓和珊翠菈也跟著附和。

這些傢伙求情並不是出於親情，當然也不是因為案子查了會遭殃。

因為他們曉得皇帝就是要聽這些話。父皇想殺的話早就動手了，他之所以專程召集我們表現出盛怒，是因為這件事不能在自己的獨斷下開恩。

有埃里格等人求情才能網開一面。若非如此，皇帝就保不住威嚴。

哎，畢竟也沒有必要殺卡洛士。

卡洛士因為薩姆的攻擊失去了右手，還變得下半身不遂。他一輩子都得臥床，父皇再狠心也不會想殺淪落成那副模樣的親兒子吧。

但是，照這樣可不好。所有人都懇求父皇開恩饒命，會顯得父皇拗不過兒女的懇求，那應該就不成體統了。

「李奧納多，這次你可以說是位居首功。你有什麼看法？」

「那麼，請容我表示意見。陛下不應該開恩，應該將其斬首才對。」

那一瞬間，每個人的臉都僵掉了。因為從最不可能的人口中冒出了最不可能聽見的話語，好像連父皇本身也深深感到訝異。

「……你為何會那麼想？他可是你的兄長啊。」

「除了身為兄長，他更是帝國的叛賊。如果這次開恩，將成為惡劣的前例。何況面對流血衛國的騎士們，我又該怎麼說明呢？」

「這件事不會告知民眾或一般騎士，討論僅限於此地，你不用在意那些。」

「那不成。應該將他斬首，再托出實情才對。而且應該向國內外展現出陛下的公正，讓眾人明白即使是皇帝之子，犯了罪就必須接受制裁，那樣才能穩定民心。」

李奧用堅定的語氣告訴父皇。

如此意見便分成兩派，無論採納何者都會造成衝突。換句話說，父皇就可以藉此託辭了。

要留卡洛士一命，但不代表李奧就受到了輕忽。所以李奧雖與戈頓名次相同，全權大使之位便能順水推舟交派給他。這全是父皇想要的發展才對。

當我對苦思的父皇感到滿意時，父皇就朝我這裡瞥了一眼。然後他看到我看似從容的臉色，就露出氣惱般的表情。

「是你出的主意？」

「請問陛下指的是什麼呢？」

「唉……也罷。為父的會尊重埃里格他們的意見，留卡洛士一命。不過呢，李奧納多，這可不代表你不受重視喔。」

父皇說著就把李奧叫到自己面前，李奧恭敬地上前屈膝下跪。

而父皇將自己的劍遞給了李奧。李奧納多將劍接到手裡。

「為父的沒準備，就用這頂著吧。李奧納多，這次慶典的贏家歸你。卡洛士出局，第二名的艾諾特同樣出局，第三名則有李奧納多與戈頓並列。然而李奧納多有率領騎士趕到的功績以及在東部的民心，判李奧納多獲勝可以平撫民怨。你說行吧，戈頓？」

「……謹遵皇帝陛下聖意。」

戈頓皺著臉低下頭。他的聲音在發抖，應該是百般不甘吧。可是戈頓無法反駁，因為缺乏反駁的材料。在這樣的局面下，愛爾娜走向前去。

「皇帝陛下，請容我向您懇求。」

「妳求的是什麼？」

「請撤回艾諾特殿下出局的判決。殿下會出局是為了派遣騎士馳援，那是值得讚揚的行為，若蒙上出局的汙名未免太過沉重。」

「懇求您酌情發落！皇帝陛下！」

接在愛爾娜之後，她那些部下也跪下了。父皇對此閉上眼睛，然後問了我。

「艾諾特……你是『誤將』手鐲毀棄的吧？」

「是的。我誤將手鐲弄壞了。」

「那我就無法撤回出局的判決。若你是刻意毀棄以便派愛爾娜馳援，事情倒有重新思量的餘地，不過規則就是規則。優勝歸李奧納多所有。」

愛爾娜用難以置信的表情望著我，但我予以忽視。

就算我現在聲稱自己是刻意派愛爾娜馳援，出局的判決撤回後，也依然不會成為全權大使。

頂多被褒獎幾句。正如父皇方才所說，判李奧為優勝者是因為他在東部擁有民心，由我奪冠沒有人會服氣。

所以讓我當個誤將手鐲毀棄而錯失優勝的迷糊皇子就好。

原本我是這麼想的——

「然而，幸虧有愛爾娜及時營救也是事實。換句話說，艾諾特的失誤救了我。為父的要獎勵你所犯下的失誤。」

「什麼？」

「我任命艾諾特為大使輔佐官。你要在李奧納多身旁輔佐。」

「……父、父皇？」

「稱我為陛下，艾諾特。」

「呃……那個……因為我缺乏能力。」

「一切都交給李奧納多就好。你差不多也該擔當一項職務，向眾人證明自己亦有才幹了。這件事就談到這裡，明天便會正式發表。在那之前，你們都先回去休養吧。」

父皇說完便從椅子上起身。離去之際，他還對我擺了好似孩童惡作劇得逞的笑容。

我那父親是故意的……！混帳！這下計畫大亂了。

要是我和李奧都去別國，誰來指揮我們的勢力？

當真要這樣辦嗎！

事情來得出乎意料，讓我陷入茫然。另一方面，對手們則露出嘲諷我活該的表情。

糟了……不設法解決的話，對方會趁我們兄弟倆不在，將我們的勢力擊垮。

「實在太好了呢！艾諾！」

「……」

「怎麼了嗎？艾諾？」

「妳果然別靠近我才好……」

「為什麼啦！」

我扶額噓了幾聲，將欣喜的愛爾娜趕走。可是，我心裡明白，這不是愛爾娜害的。愛爾娜會爭取撤回出局的判決在我預料之內，我算錯的是父皇的反應。父皇之所以採取意料外的行動，是因為我滿臉從容，感覺像大局盡在我掌握之中，才壞了他的心情吧。

這完全是我造成的……

我對天大的狀況感到頭痛，一邊迎來會議的結束。

終章

Epilogue

會議結束以後，菲妮在房裡準備了紅茶，因為她曉得客人差不多要到了。

「是我。方便進去嗎？」

「請進，艾諾大人。」

菲妮所等的客人，也就是艾諾進房以後，對已經準備好的紅茶吃了一驚，不過他看菲妮滿臉笑容，便什麼也沒說就坐到椅子上。

「跟平時不一樣的紅茶……」

「我想您累了，才改用能消除疲勞的茶葉。即使您不喜歡，還是要麻煩您喝掉。」

「我並沒有那麼累。」

艾諾說是這麼說，在菲妮看來卻還是留有疲態。戰鬥後隔了幾天，理應休養過也依舊如此，所以菲妮準備了那種紅茶。艾諾把具有獨特苦味及香味的那種紅茶含進嘴裡，臉皺成了一團。他認得那味道。

「以前，母親逼我喝過這種茶……這應該要用東方的茶葉，還得用特別的方式沖泡吧？」

「我也向家母學過。茶葉是請屋裡讓給我的現有物資，因為艾諾大人您看起來很疲累。」

「唉……我確實會累，但妳不需要這麼操心。」

「那太好了。不過請您還是要喝喔。」

菲妮滿面笑容，然而她的笑卻帶著不容分說的魄力。艾諾輸給那笑容的魄力，什麼也沒說就繼續喝紅茶。

沉默持續了一陣。不過那並非讓人排斥的沉默，在那裡有種不說話也能夠安心的氣氛，對艾諾來說很自在。表面上以廢渣皇子的身分佯裝無能，背地裡則用席瓦的身分擔任最強冒險者，如今還為了讓李奧奪得帝位而暗中活躍，艾諾幾乎沒時間放鬆。然而，菲妮提供了這種寶貴的時間。應該是因為這樣吧，艾諾口中自然而然冒出了答謝之語。

「謝謝妳……呃，做了這麼多。」

「不會，要致謝的是我。感謝您救了我，艾諾大人，我又給您添了困擾呢……」

「才沒那回事，我並不覺得困擾！那時候因為有妳幫忙保住笛子，海嘯才免於擴大，更免於造成無謂的犧牲。只是……」

「只是？」

「拜託妳，別做出太危險的事。那一瞬間，我以為自己心臟都要停了。」
「也是呢……我也覺得自己要死了。但是，艾諾大人有來救我，我好高興。」
菲妮說著便微微一笑。溫柔婉約的微笑，不過跟她展露在群眾面前的笑容有些許不同。她並沒有刻意要笑，基於信任而自然流露的那副笑容，更加襯托出了她的魅力。
艾諾不由得看得入迷，回神以後才掩飾害臊似的喝光紅茶。他剛以為終於解決了，菲妮隨即又泡了新的。
「啊……！」
「請您要喝兩三杯喔。」
「饒了我吧……」
艾諾一邊抱怨，一邊又苦著臉喝起茶。菲妮看似開心地望著艾諾那副模樣。沉默又流過兩人之間，雙方都沒有打破這陣沉默。要是想講話，任一方自然會開口。
菲妮享受著這種愜意的沉默，並且凝望艾諾。艾諾擺著孩子氣的排斥表情，仍喝著紅茶。那模樣跟他造訪克萊納特公爵屋邸時差遠了。
菲妮看到他的模樣，就覺得十分心安。因為她覺得艾諾並沒有變，跟以往只交談過一次的那時候一樣。艾諾並不記得。菲妮心裡有數。畢竟，當時菲妮用頭紗遮著臉。事情是發生在菲妮獲得蒼鷗姬名號的那一天。

首次來到帝都；從未見識過的壯觀人群；還要在圍觀下與皇帝見面造成的緊張。對十四歲的菲妮來說，那遠遠超出了自己的心理負荷。

腦海裡盡是不安在打轉，使得菲妮頭昏腦脹地差點暈倒，而艾諾親切地朝菲妮搭話，給了她鼓勵。如今菲妮回想起來，會覺得那些話實在挺不負責任。畢竟菲妮是要前往會場，艾諾卻因為嫌麻煩就從那裡溜了出來。然而，當時的對話讓菲妮得以鎮定心情，更使她榮獲蒼鷗姬之名。那對艾諾來說或許是微不足道的小事，對菲妮來說卻意義重大。從那次之後，菲妮就一直對艾諾懷有憧憬。

而在艾諾來到家裡時，菲妮心想自己終於能向他道謝了，所以菲妮並沒有用「幸會」這句話問候。可是，再次見面的艾諾卻脾氣火爆，菲妮曾經以為他變了而感到失落。不過，艾諾根本就沒變。

艾諾依然溫柔，跟那天一樣。菲妮得知艾諾有那樣的祕密，便向父親提出了請求。她想在艾諾身邊提供助力。或許自己會成為累贅，即使如此，菲妮還是想待在艾諾身邊。無論用何種形式，她都想為艾諾盡一分力。

當菲妮想著這些時，回神才發現艾諾正規律地發出鼾聲。看見他稚氣的睡臉，菲妮嘻嘻笑了笑，然後拿來毛毯輕輕為艾諾蓋上。

「或許你並不記得我……」

菲妮用任何人都聽不見的音量嘀咕，然後悄悄地握住艾諾的手。她怕艾諾會醒來而感到緊張，一邊緩緩湊近艾諾的臉頰。

隨後菲妮獻上輕觸般的吻。光是這樣，她就滿臉通紅了。

菲妮覺得這陣潮紅暫時應該消散不去，但為了化解燥熱，還是拿起房裡擺的水來喝，並且深呼吸好幾次才總算看向艾諾。看艾諾悠哉地打呼，菲妮露出苦笑。

這名獵人並不曉得，那天，他已經打下了一隻鷗鳥。

■■■

「珊翠菈大人，從『夫人』那裡有了聯絡。對方表示是時候了。」

中年男子從房間死角如此報告。聽取報告的珊翠菈喝著如血一般的紅酒，並且短短地回應：是嗎？

「錯失全權大使是個痛處，不過算了。我根本不需要他國協助，重要的是在帝都能夠握有多少權力。那對雙胞胎汲汲營營在他國建立人脈的期間，我會在帝都把確切的權力納入手掌心。」

「時候終於到了呢。」

「是啊。雖然費了幾年工夫，不過這樣一來，我也能獲得『大臣』的位子了。我將得到原本埃里格在重臣會議上獨占的發言力喲！」

珊翠菈說著便尖聲笑了起來。那陣笑持續了一陣，沒過多久，笑夠的她朝男子質問：

「話說……派去艾諾特身邊的那些人呢？」

「沒有任何人回來，怕是被那個管家解決了。」

「還以為是個已經退隱的老古董，就小看他了。下次動手時要準備周全再動手，那個管家是雙胞胎陣營裡唯一的威脅。」

「過去被稱作『死神』的傳奇暗殺者。不知道為什麼那人會擔任廢渣皇子的管家，教人不可思議。」

「空有珍寶卻不會利用，而且那傢伙跟奧姆斯柏格家的神童也有緣分。為什麼珍寶都會落到不懂價值的人手上呢？」

「他們遲早會歸珊翠菈大人所有吧。」

男子說的話讓珊翠菈心情大好地點頭。沒錯，一切都將歸自己所有。為此，珊翠菈長期以來都在準備。

「是啊，沒有錯。正如你說的！我必定會當眾親手拿下帝位。所有事都要順我的意！還有那些令人生厭的對手，統統都要砍頭！啊啊……真是令人期待……」

話說完，珊翠菈便陶醉地將紅酒倒入口中。在珊翠菈的腦袋裡已經浮現那些對手經過狠狠拷問，到最後一邊求饒一邊被砍頭的模樣了。

帝位之爭的激烈程度就像這樣，又上推了一個層次……

後記

初次見面的讀者，您好；好久不見的讀者，久違了。我是タンバ。

感謝您這次拿起《最強廢渣皇子暗中活躍於帝位之爭》一讀，真是不勝感激。

在此對各位感到過意不去的是，由於頁數，卷末非得添上我的後記才行。坦白講，我覺得作者的後記並無必要性，然而頁數有餘，只好來挑戰人生中的第一篇後記了。

話雖如此，也沒有什麼了不起的話題可以聊呢。因此我打算談談廢渣皇子的製作祕辛。

我常接觸電玩，而且跟我一起玩遊戲的好友當中也包含幾名高中生。我會向他們說明自己想到的設定和劇情大綱，詢問對故事的印象，這在我的寫作過程占了一席之地，而這次推出的廢渣皇子同樣是如此起頭。

「你們覺得暗中活躍的皇子如何？讓他走實力高強卻隱瞞大家的路線。」一開始我像這樣簡略跟他們說明過。我本身是覺得不太有戲，反應卻意外良好，因此就起意將大綱擬出來看看了。不過，暗中活躍的故事好難寫耶，劇情要走隱藏實力的路線更是難上加難。當我把這些難處告訴高中生以後，他們回答我：「那些問題就是要靠作者的手腕設法解決啊，難道不是嗎？」

話講到這個分上，要說辦不到會覺得不甘心，我認為凡事都要挑戰過才會曉得，就繼續寫了下去，然後投稿至「成為小說家吧」網站，受到讀者歡迎，又獲得編輯青睞，才走到今天這一步。

沒錯！一切都是從高中生開始的！年輕真好。令人遺憾的大概是那些高中生絕大多數都沒有讀過廢渣皇子吧。他們似乎是以不當讀者的形式在協助我。近年的高中生口才好得令人頭痛呢。

廢渣皇子這部作品是經由如此的過程才開始創作，卻有幸在小說家網站讓許多人讀到，還得以像這樣出版上市。這是讓我學到不少經驗，也讓我體會到自己有所成長的作品。接著只要各位在拿到手裡閱讀過以後，認為所費的時間或金錢值得，就是讓人再高興不過的了。

最後，由衷感謝提拔我出道的O責編；提供了精美插畫的夕薙老師；在背後給予支持的家人；還有每天都在聽我吐露想法的朋友們；以及聲援我的全體讀者、參與本書製作的眾多相關人士。謝謝大家。

タンバ

里亞德錄大地 1~2 待續

Kadokawa Fantastic Novels

作者：Ceez　插畫：てんまそ

葵娜與商隊來到黑魯修沛盧的王都，
並遇見了自稱她孫子的妖精——？

少女「各務桂菜」——葵娜透過與善良的人們及自己在遊戲裡創造出的小孩邂逅、交流，漸漸接受了現實世界「里亞德錄」。她一邊學習一般常識一邊與商隊同行，來到北國黑魯修沛盧的王都，並在這裡遇見自稱「葵娜的孫子」的妖精——？

各 **NT$250~260/HK$83~87**

千劍魔術劍士 1~4 待續

Kadokawa Fantastic Novels

作者：高光晶　插畫：Gilse

魔劍「擊眾之暴雨」將展現真實價值——
劍與魔術的戰鬥奇幻故事，眾所盼望的第四集！

　　阿爾迪斯一行人來到名為提歐立亞的城鎮，在少女蕾妲的嚮導之下，阿爾迪斯買到了一柄原名為「擊眾之暴雨」的魔劍，涅蕾說那柄魔劍與阿爾迪斯可說天造地設……尚未了解其意義，阿爾迪斯等人接受市政府的委託，然而擠滿地面的無數魔物直逼眾人——

各 **NT$180~220/HK$60~73**

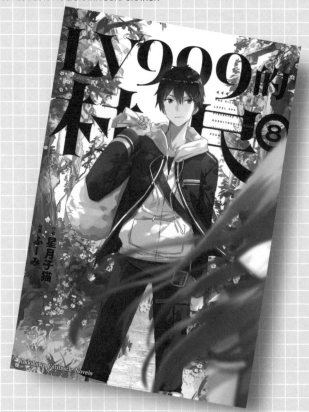

幻獸調查員 1~2（完）

Kadokawa Fantastic Novels

作者：綾里惠史　插畫：lack

人與幻獸的關係交織而成，
殘酷又溫柔的幻想幻獸譚——

傳說中的惡龍擄走村裡的女孩，那與傳說故事相仿的事件真相究竟為何——老人過去曾娶海豹少女為妻，然而人與幻獸的婚姻最終將……？若想要打倒傳說級的危險生物九頭蛇，需要幻獸「火之王」的火焰。於是菲莉與「勇者」趕往「火之王」的城堡——

各 **NT$200/HK$60~67**

國家圖書館出版品預行編目資料

最強廢渣皇子暗中活躍於帝位之爭：佯裝無能的SS級皇子背地支配王位繼承戰 / タンバ作；鄭人彥譯. -- 初版. -- 臺北市：臺灣角川, 2020.10-
冊；　公分
譯自：最強出涸らし皇子の暗躍帝位争い：無能を演じるSSランク皇子は皇位継承戦を影から支配する
ISBN 978-986-524-044-8(第1冊：平裝)

861.57　　109012120

Kadokawa
Fantastic
Novels

最強廢渣皇子暗中活躍於帝位之爭 佯裝無能的SS級皇子背地支配王位繼承戰 1

（原著名：最強出涸らし皇子の暗躍帝位争い 無能を演じるSSランク皇子は皇位継承戦を影から支配する）

２０２０年10月19日 初版第１刷發行

作　者：タンバ
插　畫：夕薙
譯　者：鄭人彥

發 行 人：岩崎剛人
總 編 輯：蔡佩芬
編　　輯：孫千棻
美術設計：李思穎
印　　務：李明修（主任）、張加恩（主任）、張凱棋

發 行 所：台灣角川股份有限公司
地　　址：１０５台北市光復北路11巷44號5樓
電　　話：（02）2747-2433
傳　　真：（02）2747-2558
網　　址：http://www.kadokawa.com.tw
劃撥帳戶：台灣角川股份有限公司
劃撥帳號：19487412
法律顧問：有澤法律事務所
製　　版：巨茂科技印刷有限公司
ＩＳＢＮ：978-986-524-044-8
